大家小书

文学的阅读

洪子诚 著

北京出版集团公司
北京出版社

图书在版编目（CIP）数据

文学的阅读 / 洪子诚著. — 北京 ：北京出版社，
2017.5

（大家小书）

ISBN 978 - 7 - 200 - 12358 - 6

Ⅰ. ①文… Ⅱ. ①洪… Ⅲ. ①世界文学—文学评论
Ⅳ. ①I106

中国版本图书馆 CIP 数据核字(2017)第 054606 号

·大家小书·

文学的阅读

WENXUE DE YUEDU

洪子诚　著

*

北京出版集团公司
北京出版社　出版

（北京北三环中路 6 号　邮政编码：100120）

网　址：www.bph.com.cn

北京出版集团公司总发行

新华书店经销

北京华联印刷有限公司印刷

*

880 毫米×1230 毫米　32 开本　9.625 印张　164 千字

2017 年 5 月第 1 版　2018 年 5 月第 2 次印刷

ISBN 978 - 7 - 200 - 12358 - 6

定价：38.00 元

如有印装质量问题，由本社负责调换

质量监督电话：010 - 58572393

序　　言

袁行霈

“大家小书”，是一个很俏皮的名称。此所谓“大家”，包括两方面的含义：一、书的作者是大家；二、书是写给大家看的，是大家的读物。所谓“小书”者，只是就其篇幅而言，篇幅显得小一些罢了。若论学术性则不但不轻，有些倒是相当重。其实，篇幅大小也是相对的，一部书十万字，在今天的印刷条件下，似乎算小书，若在老子、孔子的时代，又何尝就小呢?

编辑这套丛书，有一个用意就是节省读者的时间，让读者在较短的时间内获得较多的知识。在信息爆炸的时代，人们要学的东西太多了。补习，遂成为经常的需要。如果不善于补习，东抓一把，西抓一把，今天补这，明天补那，效果未必很好。如果把读书当成吃补药，还会失去读书时应有的那份从容和快乐。这套丛书每本的篇幅都小，读者即使细细地阅读慢慢地体味，也花不了多少时间，可以充分享受读书的乐趣。如果把它们当成补药来吃也行，剂量小，吃起来方便，消化起来也容易。

我们还有一个用意，就是想做一点文化积累的工作。把那些经过时间考验的、读者认同的著作，搜集到一起印刷出版，使之不至于泯没。有些书曾经畅销一时，但现在已经不容易得到；有些书当时或许没有引起很多人注意，但时间证明它们价值不菲。这两类书都需要挖掘出来，让它们重现光芒。科技类的图书偏重实用，一过时就不会有太多读者了，除了研究科技史的人还要用到之外。人文科学则不然，有许多书是常读常新的。然而，这套丛书也不都是旧书的重版，我们也想请一些著名的学者新写一些学术性和普及性兼备的小书，以满足读者日益增长的需求。

“大家小书”的开本不大，读者可以揣进衣兜里，随时随地掏出来读上几页。在路边等人的时候，在排队买戏票的时候，在车上、在公园里，都可以读。这样的读者多了，会为社会增添一些文化的色彩和学习的气氛，岂不是一件好事吗？

“大家小书”出版在即，出版社同志命我撰序说明原委。既然这套丛书标示书之小，序言当然也应以短小为宜。该说的都说了，就此搁笔吧。

目 录

前　言

这本书中的文字，除两三篇之外，其他的从已经出版的书中选取，篇末会注明文章的来源。按照“大家小书”丛书的体例，选入时有的题目做了改动，有的文章做了删节，为了增加可读性，有的添加了小标题。

这些文字，大多是读一些作家作品的感受，但是会延伸到读作品时，阅读者所处的环境，阅读动机、心情和方法等的讨论；也就是读者和阅读对象建立怎样的关系的问题。这也是取名《文学的阅读》这个书名的原因。

2010年，我为《我的阅读史》这本书写了《为赞颂一切我所焚毁的……》的结束语，现在抄录在下面，作为《文学的阅读》的前言：

1957 年初春，我上大学一年级。有一次去王府井那边的东安市场，在旧书铺里买了几本旧书，其中之一是安德烈·纪德的早期作品《地粮》（1897）。白色，但已经泛黄的封面，黑色背景的小框框里有“地粮”两个字。这是盛澄华先生的译本，40年代由上海的文化生活社刊行。我得到的这本书版权页已经脱落，推测是40年代后期的第三版。盛澄华是浙江萧山人，30年代到法国留学，在法国的时候，和纪德多次见面，并有书信往来。回国后在西北、复旦、清华等大学外文系任教。五六十年代，是北大西语系教授。我在北大上学的时候，没有听过他的课；中文系必修的“外国文学史”课程的西方文学部分，因为“大跃进”，集体科研运动停开。临毕业虽然也补课，但外国文学补的只是俄苏文学和东方文学。所以，对盛先生没有什么印象。1970年在江西鲤鱼洲“五七干校”劳动，盛先生因突发心脏病猝死。那个时候我也在鲤鱼洲，却不知道这个消息。最近，上海译文出版社重版了五六十年前盛先生翻译的《地粮》，应该是认为这个译本，至今仍是最优秀的——这是对几乎被人忘却的盛先生最好的怀念。

我1957年得到这本书之后，曾经几次翻过，却没有让我能在它上面有较多的停留，只知道它诗意、抒情，运用我不熟悉的那种虚拟的对话方式，可以看作是作家的心灵独白。之所以没有能发生呼应，部分原因是对纪德缺乏了解。更重要的是，书里的情感，思考，与我当时的精神状况，文学趣味存在距离。在《地粮》的“译序”里，盛先生写道，纪德“是以严肃，纯洁的态度来接应艺术。不说视艺术重于生命，至少是把艺术看作是自己生命的一部分，或竟是自己生命的连续。”又说，“……流浪，流浪，年轻的读者，我知道你已开始感到精神上的饥饿，精神上的焦渴，精神上的疲累，你苦闷，你颓丧，你那一度狂热的心，由于不得慰藉，行将转作悲哀。但你还在怀念，还在等待，你怀念千里外的家乡，怀念千里外的故亲戚友。但你不曾设想到你所等待的正就是你眼前的一切。回头！这不再是时候。时代需要你有一个更坚强的灵魂。如果你的消化力还不太疲弱，拿走吧！这儿是粮食，地上的粮食！”

这些话写在1942年的城固，那时候盛先生在西北大学任教，陕西汉中的城固，是战时这所大学的所在地。那个时候，战争正艰苦，社会气氛沉闷：“流浪”是许多人的生活状态。因为前景不明，长夜漫漫的苦闷、焦躁，是年轻人普遍的精神状态。但是，这种经验是50年代的我不能真切体会的。那时，我正为一种虽真实却肤浅的幸福感、满足感所支配，觉得世界的一切已经一目了然。既难以认同对艺术的那种虔诚,也没有些微的精神饥饿和焦渴,对《地粮》的冷落,就是自然不过的事情了。当然,我后来对《地粮》的看法有了许多改变,这是需要更多的文字才能讲清楚的。

这些天，我整理着《我的阅读史》这些系列文字，又一次翻读这本旧书。我愿意将《地粮》里的一首“旋曲”，作为《我的阅读史》的结束语。它是关于读书的：

有些书人家坐在小板凳上念
在小学生的书桌前。

有些书人家边走边念
（而这也是由于它们版本大小的关系）；
有一些在森林中念，另一些在别的田野间念，
而西塞罗说，Nobiscum rusticantur[①]
其中有一些我在驿车上念；
别一些，躺在堆干草的仓房中念。
其中有一些为使人相信人有灵魂；
别一些则使灵魂绝望。
有一些书中证明神的存在；
别一些则否认。

① 拉丁文：原野中有书籍为伴。

有些书只被收藏在
私人的图书馆中。
有些书曾受过很多
有资望的批评家的赞誉。

有些书仅谈蜜蜂饲养术
而某些人认为太专门。
另一些则专谈自然
读后像已无需再出去散步。
有些书为贤者所不容
但它们引起孩子们的惊奇。

有些书称作选集
把人们对任何事物的卓见辑入在内。
有些书希望使你爱生命；
另一些作者事后竟自尽。
有些书散播恨
而它们收获它们所散播。
有些书不事吹嘘，且引人入胜
当你读着的时候像是放着光辉。

有一些书人家爱惜得把它们当作更纯洁的
而比我们生活得更好的弟兄。
有些书用奇特的文字写成
纵使尽心研习人也不会懂得。

奈带奈蔼[1]，何时我们才能烧尽所有的书本！

有些书一文不值；
另一些则价值千金。

有一些谈王论后，
而另一些，谈极贫苦的人们。

有些书它们的语声比
午间树叶的絮语还更轻柔。
像老鼠似的，约翰在巴特摩斯吃的正是一本书；
但我则更爱覆盆子。
那曾使他肠胃中充满苦味
而以后他得了很多的幻觉。

① “Nathanaël”，源自希伯莱语，意为“神赐”。纪德在《地粮》中用它来指读者。

奈带奈蔼，何时我们才能烧尽所有的书本！

我们这些一辈子与书作伴，在书本中消耗大部分生命的人，什么时候也能像纪德那样，说出“何时我们才能烧尽所有的书本”这样的话？难道不是吗：“在书本中读到海滩上的沙土是轻柔的，这对我是不够的；我愿我赤裸的双足印在上面……任何未经感觉的认识对我都是无用的。”“奈带奈蔼，你应边走边看，但你不应在任何地点停留下来。让重要性在你自己的目光中，而并非在所看到的事物上。”

在纪德看来，书本就是要“能教你对自己比对它感兴趣——而对自己以外的一切又比对你自己更感兴趣”。

现在我想，纪德的意思是，读书自然十分重要，但要走出书本，走向田野和广阔的生活，或者说，书本最主要的是教会、启发我们观看世界的热情和方法，也就是“重要性在你的目光中”。

2017年1月，洪子诚

阅读和阅读史[①]

个人阅读史，也可能就是他的生命史

过去，在文学研究或其他研究领域，我们的注意力都只是集中在作者本人和他写出的文本上，对于“阅读”这个问题，关注的相对较少。一本书是哪些读者在读？怎么读的？不同身份、不同时代的读者有什么不同反应？作为物质方式的书本与阅读构成什么样的关系？……这种种问题，我们很少会想到。前些年出版的加拿大学者曼古埃尔的《阅读史》[②]，就是讨论人类阅读行为的历史变迁：“阅读”在历史上的变化，纸张、印制、传输等条件的改变对阅读产生的影响，如在欧洲，专门

① 根据2012年12月在广东嘉应学院演讲录音整理、修改。

② ［加拿大］阿尔维托·曼古埃尔《阅读史》，吴昌杰译，商务印书馆，2002年。

供书写、阅读的书桌是什么时候出现的，印刷条件的改变会给写作跟读者带来什么样的影响，等等。阅读是人生存的基本方式的一个重要精神活动。有位学者说过，如果一个人每年都读一遍《堂吉诃德》，或《哈姆雷特》，然后每年都把读这本书的感想记录下来，那么这个记录也就是他的生命史。说一个人的阅读史就是他的生命史，是有道理的。如果我们觉得这样定义过于夸张，或许可以这样认为：他的生命状态和变化，会在这个记录里留下痕迹。

读者和书本建立的关系

阅读牵涉到很多方面的问题。比如说，谁在读；读什么性质的书；读书的具体条件、情境：时间、地点、情感状态……不管有没有意识到，我们在读一本书的时候，就会跟这本书建立起一种特殊的关系。读一本理论书跟读文学作品，你的心态与期待，和这本书的意趣，是完全不一样的。读新书和旧书的感觉也不一样。过去，我经常去北大旧刊阅览室，那里收集1949年以前的报纸杂志。当然，现在旧刊不大容易看到了，因为年代久远，几十年前的报纸刊物翻阅很容易破碎，所以一般不外借。可能都会制成显微胶卷，或者扫描在电脑上供研究者阅读。如果你手里拿的是20世纪30年代，以至更早的时候印制的书刊，跟读现在出版社重新编印的相比，相信你的感觉会有很大的差异。你会感觉到你触摸到的东西，那些纸张、字体、装帧编排方式，以至广告……致使你想象什么人在阅读时会在上面留下印迹，你所有的想象都会与具体的历史情境相交融。精装本跟平装本，横排或竖排，读的过程中的感觉也会不一样。书的厚薄程度，也会影响人的阅读感。比如说，诗集需不需要印得那么厚。现在有些诗集很厚，拿在手里头沉甸甸的，觉得很不舒服。

几年前在福建三明开一个诗歌座谈会，是纪念福建的一个诗人的。他一辈子热爱诗歌，不仅自己写诗，还为培养当地诗歌爱好者、开展诗歌活动，付出大量心血。他得了癌症去世，福建省为他举行一个纪念会，出版他的诗集。他健在的时候，没有得到出版诗集的机会。所以，这次就将他全部的诗都收进去，有六七百页。这当然是好意，但是对读者来说，就有点尴尬。如果不是专门研究这位诗人的创作，一般读者拿在手里就觉得有点难办。从头读起吗？读了六七百页你还有没有感觉？选读的话，又从哪一页读起？座谈会上，我就说了一点题外话。我说有点怀念三四十年代，以至五六十年代出版的诗集，常常几十页，一百来页。我说读诗的时候，手中应该是轻的感觉；应该是让阅读的人有更多时间在上面停留。薄的诗集，拿在手里，你不会有很大的压力。我说的也许不对，这是我自己的想法。

另外一个大家经常遇到的问题是，读选本还是读全集。当然如果不是专门研究者，大家不会去读《全唐诗》或者《全宋文》。莫言前些日子得了诺贝尔奖，人民文学出版社就赶印收入他全部作品的20卷“文集”：这是对这位作家的致敬，也是有经济利益在里面。那么我们是读《莫言文集》好呢，还是读他的一些选本？其他小说家和诗人也是这样。我们有时候会觉得全集漫无头绪，不知道怎么读。但是有时候又觉得选本不大放心，容易被选家牵着鼻子走；因为有的选本带有历史的、个人的偏见。所以，有时候我们会不大信任选本。

另外，我们读书有时候可能会“想当然”。哈佛大学东业系教授宇文所安有一本书叫《他山的石头记》，在谈到古代写作和阅读的时候举了这样的例子，说在先秦或者战国时代，写作、阅读是怎么进行的，采用什么方式？当时的写作和阅读与现代社会比较，有什么不同？我们知道在先秦、战国时代，写作是刻在竹简上，那么，一部书他要刻多长时间？是写作者自己刻还是雇人来刻？这样一种“写作”方式对文体会产生什么样的影响？另外就是谁有权阅读？一部书要多少竹简才能容纳全部内容？这些竹简藏在什么地方？什么人才能够读到它？读的时候是什么样的方式？这些问题以前我们可能没有细想。“书籍”的物质条件，对写作跟阅读肯定都会产生很大的制约。

开玩笑说，书的定价也会影响读书的选择和情绪。我前年出了一本书叫《我的阅读史》，北大出版社出版的，收入我个人类乎读后感的文字。我跟出版社编辑说，书的质量一般般，你们就别定价太高，要不读者不愿意买。可是他们不听我的，二百多页吧，定价38块钱。38块钱多还是少啊？其实我真有一点内疚，会问自己，那些文字能值那么多钱吗？2011年我应广西那边的几所学校的邀请去讲课，住在南宁的一家旅馆里，晚上没事就翻看他们放在房间里的材料。其中有一份是“送餐菜单”，里面有一个鸡蛋炒饭，定价也恰好是38块。这样一对比，我就放下心来，无非就是一份鸡蛋炒饭嘛！不过，现在也有相反的：有的书定价如果太低，销路也不好。因为有的人有很多钱，喜欢买漂亮的书。读起来感到舒服，即使不读，摆在书架上，也显得漂亮气派。

现在有一个很大的问题。过去我们对书籍有一种“饥渴”感，现在这种感觉已经失去，或者不多了。昨天我跟你们的李保民老师聊天，说80年代初他上大学的时候，常常在听完课后，利用休息的十多分钟时间，赶紧跑到书店看今天有没有来新书。现在谁还会有这样急迫的心情？过去是渴望拥有书籍的时代，现在是书籍拥有我们的时代。我们被大量的书包围，每年出版的书那么多，书店里各种读物琳琅满目，获得图书变得那么容易，已经不再有“饥渴”的感觉了。我也是这样。50年代我上中学的时候，好不容易有了零花钱，第一次买的两本书，一本是郭沫若的《女神》，一本是鲁迅的短篇小说选。那种拥有自己的书籍的感觉，那种快乐，现在的人不容易体会。所以，就是刚才所说，现在是书籍拥有人的时代，而不是人渴望拥有书籍的时代。就像现在有钱的人被金钱所拥有，当权者被权力所拥有。当人被书拥有的时候，就没有那种非常渴望读书的心情。

这个变化对我来说是非常深刻的。1991年我在日本东京大学任教的时候，那时CD唱片在国内还是稀罕的东西，价格也昂贵。在日本也不便宜，但是公共图书馆可以出借。我就到图书馆借回来听，或者复制在录音带上。借到一些心爱的唱片的时候，走在路上都有一种轻飘飘的感觉。那是一种非常快乐的心情。现在CD那么多，包括古典音乐的引进版，很容易得到。不久前我在“当当网”看到一些引进版的古典CD在降价，5块钱一张。而以前同样的进口CD要卖到一百多。所以，东西来得太容易，好，也不好。轻易获得的东西往往不知道珍惜。

书的重读

有些书我们可能读一遍，有的可能会重读，甚至会读多次。这里有一个很有意思的事情。拿我自己来说，对重读有两种不同的心态。一种是有点害怕，怕重读可能会破坏当初美好的感觉。读巴金的小说是念初中的时候，那时候我还年轻，新中国又刚成立，对未来有一种热切的、浪漫的期盼，也偏爱那种激情的文字，巴金二三十年代的青春式、抒情式的写作[①]，当时很对我的胃口。

台湾淡江大学吕正惠教授，他的年龄应该比我小十来岁。他是岁数比较大的时候才读巴金的，因为在国民党政府“解严”之前，大陆作家的书籍在台湾都被列为禁书；所以他读巴金，可能要到80年代以后。他就提出一个疑惑：巴金为什么评价那么高？在他看来就跟中学生作文一样。他说的可能有点过分，但是巴金作品的艺术性，包括文字，确实有许多问题，有的文字比较粗糙，感情不够节制。但是我初中读的时候，感动得不得了，有的地方还痛哭流涕，哭得不行。90年代初我在日本，一位日本教授上汉语课，选用巴金《家》的鸣凤自杀的那一段，有

---

① 到20世纪40年代，巴金的创作有明显改变。

一些词句的解释他不太拿得准就来问我，我就重读一遍。我顿时对年轻时候的痛哭流涕产生疑问，真有这样的事发生吗？所以这次重读，对我来说其实是不好的，不必要的。觉得如果不重读的话，保存50年代的那种心情，在我这里就是一笔财富。但是重读就把这个“财富”丢掉了，有点可惜。所以，有的时候，就拿不定主意该不该去重读过去喜爱的书。

不过，总的来说，随着知识、鉴赏力的增加，重读通常还是利大于弊。不知大家有没有读过苏联作家帕斯捷尔纳克的《日瓦戈医生》？几年前我到俄国旅游的时候，还专门到莫斯科近郊的别列捷尔金诺的“作家村”参观他的故居。有人说他的诗比他的小说写得更好，他主要是一位诗人。不过，他的长篇《日瓦戈医生》反响更大。这部长篇是在50年代中期出版的，不是在作家生活的祖国，而是在资本主义的出版社。当时是冷战时期，因为它的出版，也因为1958年的诺贝尔文学奖颁给了这部长篇，引起了轩然大波，《日瓦戈医生》成为社会主义和资本主义两个阵营角力的平台。结果在苏联当局的压力下，帕斯捷尔纳克写了检讨，发表公开声明拒绝去斯德哥尔摩领奖。

我知道这个作品的名字，是因为1958年读了《文艺报》上的批判文章，留下的印象是这部小说很反动、很恶毒。可是当时，以至直到80年代中期之前，中国大陆都没有中译本，写批判文章的人也没有读过这部小说。中译本在中国大陆1987年才出现，1987年读的感觉，不像当初想象的那么“反动”“恶毒”。当然，它的确是对苏联十月革命的质疑。主人公日瓦戈是贵族出身的医生，开始的时候，也是对革命很向往，至少是抱有好感的，因为旧俄的专制制度非常黑暗、腐败，许多人都认为需要一场革命来改变这个旧世界，改变人民群众痛苦的生活。但是，革命之后，日瓦戈发现情况不是像他想象的那样。他主要是从精神的角度，来观察革命造成的新的精神病症。他发觉空谈、说大话空话、说违心话和做违心事，成为一种普遍现象，日瓦戈把这个现象叫作“心脏微细出血”。

我想，这是这些知识分子最感痛切，也最感失望的事情。当然，在冷战时期，这种从精神层面对革命的质疑，在当时环境下面，苏联和包括中国在内的“社会主义阵营”批判它反苏反革命，也是可以理解的。但是，20世纪90年代和21世纪初我重读的时候，不知不觉中关注点已经发生变化。这个变化，我想和我的思想不再执着于一个点有关系。我在《我的阅读史》[①]中的《一部小说的延伸阅读》有提及此变化。我觉得里面也不只是被动地忧虑革命产生的精神后果，也还有一些积极

① 洪子诚著《我的阅读史》，2011年北京大学出版社出版。

的东西，尽管是微弱的。在强大的历史和相对无助的人的生活关系上，书里似乎也在表达这样的意思："历史"虽然拥有巨大的对个人生命的裹挟、吞没的力量；但是，个体生命的"节律"，也不见得就能被取消，生活里有"不能"的悲剧，也有"可能"的争取。在帕斯捷尔纳克看来，人的生活中的常度恒性更为重要。而且，我也对书里写到的俄罗斯人对大自然的态度有了当初没有的好奇。感觉大自然对于他们来说，不是被征服，也不是欣赏的对象，他们的生命就融合在里面，形成他们有关爱情、死亡、苦难、幸福的理解。所以，日瓦戈最后因落魄而死，他的恋人拉拉并没有过分悲伤。书里这样写，"植物王国很容易被看作是死亡王国的近邻，在大地上的绿色植物中，在坟地上的树木间，在一排排花苗中就隐藏着生命转化的奥秘，这正是我们一直要解开的谜"[1]。也就是说，这个作品不仅包含我们通常理解的政治命题，而且有更丰富的内容。重读中这些跟过去不同的发现，来的虽然有点晚，但对我来说还是很重要的。

① 引文根据力冈、冀刚的译本，漓江出版社1997年版。

阅读是一种“克服”

开头提到的曼古埃尔的《阅读史》，说到因为印刷术的出现产生了一些错觉。比如说，一部书稿可以成批，可以成千上万印出来，它们的装帧设计都一模一样，所以会在读者那里引起错觉，以为他们读的是同一本书。但事实上，曼古埃尔说，他们读的不是同一本书。假如我们同时拿起同一个版本的《杜甫诗选》，能说你读的《杜甫诗选》，跟我读的是同一本书吗？道理其实很浅显，因为“一千个人眼中有千个哈姆雷特”。萨特[1]说过，书要是不被人阅读，它就只是涂在白纸上的黑色污迹，而一旦被阅读就一定和特定读者建立与他人不同的关系。所以，诗人西川[2]在他的《深浅》这本书里有这样两句话：一个熟读《论语》的人把另一个熟读《论语》的人驳得体无完肤；杜甫得到太多的赞誉，所以另一个杜甫肯定一无所获。就是在《论语》里看到的东西，或者引申出来的道理，不同的时候不同的人可能差别很大，甚至南辕北辙。

---

① 让·保罗·萨特（1905—1980），法国人，著名哲学家、文学家、政治评论家。

② 西川，本名刘军，1963年生，江苏省徐州市，当代著名诗人、散文家、随笔作家。

智利有个得过诺贝尔文学奖的大诗人——聂鲁达，在五六十年代的中国文学界，影响不小。我们上大学喜欢诗歌的，都读过他的长诗《伐木者，醒来吧！》。这首诗写于1948年，袁水拍[1]当年就把它翻译成中文。它是歌颂社会主义苏联、谴责美帝国主义罪行的政治诗，但艺术水平的确很高。在50年代，聂鲁达在我们眼里是位气势磅礴的革命诗人（事实上他本人也是智利的共产党员）；但是到了80年代，通过翻译的选择和阐释，聂鲁达就变成一个爱情诗人了。在80年代，中国有一个"告别革命"的潮流，聂鲁达被革命的五六十年代中国"删除"的大量爱情诗，这个时候就被重点选择、放大。现在大家记忆最深的，恐怕是他的："我喜欢你是寂静的/仿佛你消失了一样/你从远处聆听我/我的声音却无法触及你……"按照西川的说法就是，一个聂鲁达受到太多的赞誉，另一个聂鲁达就无所收获。关于这个问题，华南师范大学中文系滕威教授的《"边境"之南：拉丁美洲文学汉译与中国当代文学（1949—1999）》分析得很精彩。

我们经常讲，写作是一种"克服"，其实阅读也是一种"克服"，一种对自我的挑战，克服趣味跟阅读习惯的局限。有一些不好的或有缺陷的习惯，是当事人不太能够意识到

① 袁水拍（1916—1982），江苏吴县人，原名袁光楣，笔名马凡陀，诗人。

的。前几年我跟北大中文系的一些老师去埃及旅行，在尼罗河坐游船看风景的时候，我觉得没有多大意思，就拿出别尔嘉耶夫的《俄罗斯思想》[①]来读。一个过去的学生、现在是中文系的老师看到我在看这样的书，她大声喊起来："老师，你也太夸张了吧？！"因为别尔嘉耶夫是俄国学者、思想家，他这本书是很严肃的学术著作。我猜，这个学生认为旅游就是放松身心，我却读这样的书，而且还是在公众活动的轮船甲板上，真是故作高深、装模作样，装作无时无刻都在思考高深问题、很有学问的样子。

这件事提醒我来检讨自己的一个问题，就是读书、兴趣的偏狭。以前我没有意识到这是个不好的习惯，自以为时时刻刻都要读"有用"的书、"有价值"的书。对比起谢冕[②]老师来，就可以看出这一点，他的兴趣、读书范围比我广阔得多。当然，他也读学术书、史料、诗集、评论，但也读历史掌故、各地风物志。他会拿着圆明园的平面图去遗址实地勘察，也收集各大菜系的菜谱，既品尝精美食物，也对路边摊的羊杂碎汤津津有味。这就是健康的、"正常人"的生活和兴致，而这是

① 三联书店"学术文库"版。俄国十月革命之后，有一大批作家、艺术家、哲学家、思想家被迫或自动地离开俄国，流亡欧美，别尔嘉耶夫是被驱逐出境的，此书是他40年代客居巴黎时的著作。

② 谢冕（1932—），男，福建福州人，文艺评论家、诗人、作家。

我所欠缺的境界——不同的环境有不同的阅读。所以，在大部分机场的书店，你们不会看到深奥学术书，也不会有很严肃的小说。大部分是帝王系列、康熙王朝什么的，或者是如何炒股、做生意发大财、怎样经营管理等，而不会出现《俄罗斯思想》或马克思的《资本论》。

“专业”与“非专业”阅读

然后，我要谈的是有关专业阅读的问题。我这一辈子都是在学校教书、做“学问”，从1961年大学毕业后这几十年都做着这件事，经历非常单调、贫乏。高中、大学阶段，读书的选择还比较随意，后来大部分都是从“功利”出发，从教学、研究课题出发来选择书籍，目的性非常强。要研究哪个作家，就读他的作品，有关他的资料；研究一个时期的文学思潮，也尽可能收集相关资料，灰尘扑鼻地翻阅旧书刊杂志。当代的有些作品，读起来真是没有味道，五六十年代许多文章、资料，相当枯燥，绕来绕去的文风。可是不管你是否喜欢，为了教学，不读不行，硬着头皮也要读。其实写那些文章的学者、批评家，不是才情不够，他们是没有办法。即如，现在我们读它们也是没有办法，做学问就意味着有许多时候要硬着头皮。这是一种“职业式”的读书，你从事这个职业，吃这碗饭，就必须这样做。北大中文系的李零老师[①]在他的《简帛古书与学术源流》前言中说，“学者的命就是替人读书，因而常常无法享受阅读的愉快。如果他受毕生之苦，甘之如饴，非要别人和他一起吃二遍苦，受二茬罪，而不是替人分劳省力，那是不仁之至也”。我不知道自己是否属于这种“不仁之至”系列，这个问题想起来太苦，不想了。不过，退休之后确实有一种“解放”的感觉，能够选择自己比较喜欢的书和文章来读。

专业，或者职业阅读的问题，我有两点建议。一个是会在不同的书里看到不同的观点，会有很大不同，甚至互相反对的主张。如果他的观点不是那么令人气愤，比如说反人类，为法西斯什么的张目，那么，在通常情况下对不同的观点可以保持一种比较平和的态度。我们不一定总要在书里寻找成功者和失败者；更值得寻找的可能是成功者和失败者之间的一种状态，也就是不要把事情想得太极端。即使有些观点看起来不是很能站得住脚，也可以想想这样的观点是在怎样的情境下出现的，可能给我们什么参照，在观察问题的方式上是否能提供某种启示。

---

① 李零（1948—），男，北京大学中文系教授，从事先秦考古研究及中国古汉语研究，主要著作有《孙子古本研究》《李零自选集》等。

莫言得了诺贝尔文学奖是最近中国文学界的大喜事，几十年来，这个奖对中国文学界是个“心病”。好了，现在终于有中国作家得奖了，按理这个“心病”应该治愈了。可实际不是这样，还是有许多人不高兴，或者说他不够格，或者说目前至少有十位中国作家可以得这个奖。对于中国社会政治、世态人心，莫言有许多表达，更多是存在于他的作品之中，我们还是要把重点放在他的作品上。

莫言在接受诺贝尔文学奖的演说时讲了许多故事。最后一个故事是许多年前他爷爷讲给他的。说是有八个外出打工的泥瓦匠，为避暴风雨，躲进了一座破庙。外边的雷声一阵紧似一阵，一个个的火球，在庙门外滚来滚去，空中似乎还有吱吱的龙叫声。众人都胆战心惊，面如土色。有一个人说：“我们八个人中，必定有人干过伤天害理的坏事。谁干过坏事，就自己走出庙接受惩罚吧，免得让好人受到牵连。”自然没有人愿意出去。又有人提议道：“既然大家都不想出去，那我们就将自己的草帽往外抛，谁的草帽被刮出庙门，就说明谁干了坏事，他就出去接受惩罚。”于是大家就抛草帽，其中一个人的草帽被卷了出去。大家就催这个人出去受罚，他自然不愿意，众人便将他抬起来扔出了庙门。莫言说，故事的结局我估计大家都猜到了：那个人刚被扔出庙门，那座破庙轰然坍塌。

这让我想起日本学者近藤直子、加藤三由纪她们的一些话。她们谈到韩少功《爸爸爸》的丙崽，说“人类是组织群体而生存，这种生存方式里潜在着残酷性”；像丙崽、阿Q这些人物，都是“集体”中的异类，当“一个集体面临危机，就把异类奉献给外面世界或排除到集体之外”。那个被扔出庙外的泥瓦匠，不就是因为面临危机所“造出”并加以“歧视”，被排除到集体之外的“异类”吗？这个解读，相信和同学们在课堂上听到的很不相同。这个当然不能取代传统上对《阿Q正传》的诠释，但至少可以成为一种参照。面临危机而不断制造“异类”，抛出“异类”，是我们这一辈子经常面对的事实。产生的后果之一，就是如赵园老师所说的“戾气”。赵园老师80年代研究现当代文学，后来转到明清思想史，考察那个时期的社会状况和文人心态。她说，明清易代之际，社会氛围和士人心态普遍弥漫着一种“戾气”——极端、苛刻、暴力、怨恨，一种病态的激情。有兴趣可以读读她的《明清之际士大夫研究》这本书。

另一个建议是，专业跟非专业书籍，有时候不要分得那么清楚。现在经常说的跨界视野和跨界研究，就是要打破在“专业”上的狭隘设限。去年我在台北的时候，很偶然的机会，有人送我一本台湾大学出版中心刚出版的书，蔡振家教授的《另类阅听：表演艺术中的大脑疾病与音声异常》。从他的学术背景，就大略可以知道他的“跨界”。他本科毕业于台大物理系，接着在台北艺术大学研究所读硕士获得硕士学位，之后在柏林海德堡大学音乐博士班毕业，回到台湾以后，又成为了台大工学院应用力学研究所和台大医学院耳鼻喉科的博士后。他研究的领域涉及戏曲、音乐、生物音乐学、心理声学、音乐声学，一个人可以涉足看来完全不同的领域，着实让人惊奇。给他这本书写序言的，主要也是台湾医学界的名流。在论述艺术创作，特别是表演跟大脑疾病之间的关系的时候，他分析了这样两个“案例”。

一个是舞台上孙悟空的表演，他说孙悟空的那些动作，是一种疾病的表现。孙悟空的表演，表现了医学里的“妥瑞症”病征。“妥瑞”是法国19世纪的一个医学家发现这个病而用他的名字命名。患上这种症状的人就会有不由自主的动作，包括脸部的抽搐，不断地眨眼睛、噘嘴巴、装鬼脸，脸部扭曲而且耸肩膀、摇头晃脑还有怪叫。他说孙悟空的表演完全就是“妥瑞症”的症状。然后他又分析了《牡丹亭》里的杜丽娘跟柳梦梅的爱情故事。我上大学的时候，通常会说《牡丹亭》表现了“个性解放”，感情上对理学禁锢的挑战。蔡振家从医学、疾病的角度，认为杜丽娘是患上一种叫“躁郁症”的病。“躁郁症”应该是心理、精神病症，由心理的障碍跟情感的障碍引起，忧郁跟狂躁两种特征反复地出现，狂躁的时候就幸福到极点，看见开花，就有非常快乐的感觉，而且容易有一种性的幻想，活力十足、口若悬河、思路敏捷。对现代人来说，狂躁症发作的另一个征象是盲目购物，但是杜丽娘的时代购物消费还不发达，忧郁的时候，觉得自己就要死掉，觉得生命没有什么意义。蔡振家说，《牡丹亭》里杜丽娘的表现就很符合这个症状。作品里不是写她“游园赏花，触动心情，继而寻梦不得，因而死亡”吗？这就是躁郁症的典型的病史。“一夜小姐焦躁，起来促水朝妆，由她自言自语……”蔡振家还引用台湾一个躁郁症患者在她痊愈以后的自述来加以证明。

我读了这部书，感觉有点丧气，原来我们书里的那些美好人物，是精神不正常、大脑疾病患者。不过回过头想想，他的研究对我们也有许多启发。我们常把“艺术源于生活”挂在嘴边，这些例子不就是“源于生活”吗？有什么好抱怨呢？但是“艺术”又的确不是“生活”。我们需要文学艺术的理由，就是因为它具有一种超越性，苦难也好，实际的生活状况也好。读了《另类阅听》，虽然感觉文学艺术的创造性被贬低了，但是认识到文艺创造的重要性。人们需要的，是它们的那种超越具体生活情境的意义。

我们都知道有很多人研究性病跟音乐家创作的关系。这个说起来有点不好，因为这些音乐家，包括贝多芬、海顿、舒伯特、帕格尼尼等等，都是我，也可能是你们喜爱的。音乐，特别是器乐作品，与我们具体生活情境的关联很间接，更具有一种精神上的“纯粹性”。可是听到这些作曲家是性病患者，他们头上的“光环”就黯淡下来。不过，蔡振家还有其他研究者认为，从医学研究的角度，性病在它发作的时候会产生一种幻觉，对艺术创作会有某种作用、意义。这个问题其实没有必要回避，当然也没有必要夸大。杰出艺术家当然是才情过人，但是艺术创造也是很复杂的事情，不需要过分浪漫化。我们从这里也能认识到，不是像俄国批评家车尔尼雪夫斯基说的，任何艺术都比不上生活的美；相反，生活有所不足，才需要艺术。

静下心来读一本书

阅读就是帮助我们了解自己，帮助我们了解他人。我的建议是，大家能够多读一点书。我们的社会是个浮躁的社会，就像有人说的，中国的“高速列车”已经开动，而且好像停不下来了。在这样夸张的情境下，最可贵的是要获得一种比较平静的心情，静下来去读一本书。从里头去体会他人表达的道理，温习自己的体验，提升自己的境界。

我的巴金阅读史[①]

评价与阅读

刚才王老师[②]已经把这个题目解释得很清楚了。我选择这个题目有两方面原因：一个原因跟巴金先生的去世有关系。另一个原因是北京的一家报纸约我写稿，巴金先生去世，借这个机会我写了一篇3000字的短文，名字就叫“我的巴金阅读史”。文章已经排出来了，编辑也编好了，但终审的时候撤下来了，说这个文章不合适。我不清楚为什么不合适，就问那位编辑文章究竟有什么问题。因为我是一个胆小怕事的人，从来没讲过什么很出格或者很大胆的话，不像有的学者，经常讲很大胆的话被“封杀”，我从来没有被“封杀”过。编辑

① 2005年11月2日，在首都师范大学的学术报告，据录音整理、修订。

② 首都师范大学中文系教授王光明，是这次报告的主持人。

转达终审意见说，你写到1958年对巴金的讨论和批评，这个不好。1958年对巴金的批判，是一个事实，而且我是反思性地写这个事件的，并不是说肯定当时的批判。后来只好给了另一家报纸。过去比如20世纪80年代末90年代初，我和刘登翰合写的《中国当代新诗史》，因为北岛等的问题一再耽搁。出版社不敢“自己”处理，一直拖着。作为一种妥协，后来是提到北岛的名字，但是分析北岛的一节删去。这个书本来是1989年写成的，一直拖到1993年才出版。

今天我讲“我的巴金阅读史”大概包含两方面的内容。一个我要讲到我对巴金这个作家的看法，我的看法可能比较复杂，这跟我的阅读感受有关系。我们知道，按照中国的传统习惯，对一个去世的老人，而且是一个非常值得我们敬重的作家，我们不应该说他不好的话，但是作为一种学术研究，有的问题还是可以讨论。第二个就是和阅读方面有关的一些问题。阅读为什么是一个重要问题？相信同学们现在已经很清楚。80年代以来我们文学研究上有一个重要变化。过去我们可能把重点或者主要的精力都放在作家、作品、文学的生产者和他的产品的关系上，对读者接受方面的研究比较少。近来对读者接受的研究引起了大家的重视。我想阅读的问题也是文学教育里一个很重要的研究课题，所以我在对巴金评价的过程里，会讲到跟阅读有关的问题。

那么，阅读为什么会是个重要的问题？举一些简单的例子大家就会知道。比如阅读的方式，站着读书或是坐着读书就有很大的差别。我读《家》的时候基本上是站着读的，跟坐着读《家》感受可能有点不太一样。另外，自己阅读跟听别人读也有很大的差异。我在课堂上讲诗歌的时候，经常会引用一些诗人的作品来讲解，会读这些诗。但是我要求学生不要光听我读，回去以后要自己去读。实际上这里有一个问题，由于语音关系，由于读得不够流畅，可能把一首“好”诗读“坏”了，听的人会觉得这首诗怎么这样不好。大家知道我是潮州人，潮州音很重，很多音都读不准。诗的节奏等很多方面都掌握不好。当然，我读诗的时候，也有一些“不好”的诗被我读“好”了的，本来我是批评的，但是学生听了觉得挺好。作品总是要阅读，它作为“文学事实”才能实现。因此，对阅读的问题需要我们去研究。

下面就讲对巴金的评价，对他的看法，包括他的文学成就的问题。我今天讲的对巴金的看法是我个人阅读产生的想法，不一定是文学史的看法。大家可能会问，你自己是做文学史工作的，你写出来的书和你自己的看法之间难道会不一样吗？这个问题我也经常问自己。比如我写的《中国当代文学史》（1999），是我个人署名的，读者理所当然认为里面的观点都是我的，或者说都是我认可的观点。实际上并不完全是这样。这是有点复杂的问题，牵涉到巴金提出的一个很有名的论题："讲真话"。"讲真话"不仅仅是一个简单的伦理问题。但我可以明确地讲，我在以我署名的文学史里写的，不见得都是我的看法；这是长期做文学史工作的人都知道的一个道理。所以我今天讲的基本上是个人观感。

我相信大家对巴金这位作家是很尊重的。我这样一个判断大部分人应该都会同意：他是20世纪中国一位很重要的作家。我们不滥用"伟大""大师"之类的词，这些词近年来已经用滥了。说"重要"，我想是一种严谨的说法。或者我们可以更进一步说，巴金是最重要的几位作家之一。我想这个说法也还是可以的。中国大陆的大多数学者、研究者，或者读者可能会认同这种看法。但是如果我们把范围扩大一点，就不见得是这样。比如我们读过台湾的或者海外的一些文学史家写的文学史和评论文章，他们的观点可能跟大陆学者有很大的差异。大家可以看一下香港20世纪70年代出版的司马长风的《中国新文学史》，对巴金的评价就相当低。另外最近中国大陆出版的简体字版的夏志清的《中国现代小说史》，这本影响很大的文学史也是20世纪出版的，英文版应该是60年代。我80年代初读的是1979年台湾传记文学出版社的中文版本。可以看到夏志清对巴金的评价也不高。他的小说史影响很大，当然在大陆学者中，也存在许多争议。

从我自己的感受来说，在20世纪五六十年代确立的那样一种对20世纪中国新文学经典作家的排序，基本上还是可以成立的，就是“鲁郭茅巴老曹”这样的序列。当然肯定也有不同的意见。20世纪末到现在，在学术界不断出现质疑、改写、颠覆这样的作家排列方法。比如在一份排大师座次的名单里，茅盾被开除出去，金庸被拉了进来，穆旦也被列为十位大师中的一个。钱理群、吴福辉、温儒敏老师他们写的《中国现代文学三十年》，80年代初的版本跟90年代的修订本，也有许多变化。在这本文学史中，以专章来处理作家，是在表明一种很高的规格。初版本基本上是“鲁郭茅巴老曹”设专章，修订本增加了艾青、沈从文和赵树理。很多学生可能会问，赵树理有没有这个资格？这也是当前一个很有争议的问题。关于这样一位解放区作家的文学成就的争论，在文学界演化为好像是“左派”跟“右派”的争论一样。

总之，我说这些话的目的就是说明经典的序列是在不断地变动的。但是，我还是承认，巴金是一个重要的作家。包括茅盾，我也认为是一个重要作家，不主张把他从20世纪中国新文学重要作家的名单中排除出去。

第一次："遭遇式"阅读

下面讲我对巴金的阅读的经过，因为有这样一个"经过"，我就用"史"这样一个名字，"阅读史"这样一个概念。从我初中开始到90年代这么几十年，比较集中地阅读巴金的书有三次。我就谈谈这三次的经历，包括其中的一些变化跟我经验的细节。

第一次读巴金的书可能是在1951年，或者稍晚一点的时间，大概是我初中二三年级的时候。那个时候我的家乡刚"解放"不久。对巴金的这次阅读完全是"遭遇式"的，是一种青春期的投入式的阅读，这跟以后的阅读在态度、方式上都有很大的不同。因为一个偶然的机会，我从同学家里看到很多新文学的书籍，大体上都是三四十年代的开明书店、良友图书公司、文化生活出版社印行的一些书籍，其中巴金的作品占有很大的分量。我最先受激动的还是《激流三部曲》中的《家》。我相信过去的年轻人接近巴金的时候，最早被激动也是《家》这部作品，一部充满青春热情的作品，但也有生活实录，跟他早期的一些作品，比如《爱情三部曲》不太一样。

我当时还是一个有点浪漫的少年，跟大家差不多，用现在的话说是一个追逐偶像的人。当时的偶像就是英雄人物，包括英雄式的作家。巴金当时在我的心目中就是一个英雄式的作家。当时的情境有点难堪，所以我记得特别清楚。我基本上是利用中午放学回家吃饭到上课之前、晚上回家做作业的一些时间，站在家里的窗户或桌子前读这部作品的。并不是说没有凳子可以坐，而是心里很紧张，不愿意别人看到我在阅读时流露的神态，所以躲在一边看这个作品。我记得很清楚，现在想起来很惭愧的是，读到鸣凤自杀那一段，控制不住地泪流满面。当时我有点难为情，赶快躲到蚊帐边上的角落里。

这种阅读，我刚才说了，完全是一种投入式、遭遇式的阅读。它几乎没有预设的动机、目的，而且没有想到要从作品里走出来。阅读者认为，书本所构造的世界跟现实生活紧密相关，甚至可以等同。这是当时阅读时的“潜心理”，所以才会把这么多的感情放进去。

巴金的作品为什么能够影响这么多的青年，特别是30年代、40年代的青年？我想跟巴金处理事件的方式有很大关系。巴金是这样一个作家：他对世界的看法是黑白分明，善恶分明的，不像近年来的一些作品，不是一个黑白分明、善恶分明的世界。巴金在作品中表现了一种非常强烈的爱憎，他的叙述方式基本是告白的或者倾诉的。他的写作方式、作品的内容和对世界的处理方式，特别能够投合，或者说吻合青春期对光明世界有着热切期望的青少年的阅读期待。青少年很容易地把感情投放进去，这跟巴金的处理，跟他对世界的理解有密切的关系。

这种阅读方式，现在回想起来有点可笑，我自己也经常反思这一点。因为我知道，一些有名、有成就的人物，他们少年时代的阅读就是很深刻的，包括选择的书籍，和阅读中的思考。读他们的传记的时候就觉得自己特别肤浅。但是，我想我也不必惭愧，人和人不能相比，况且我在阅读时的一些体验可能以后不会再有；而这种体验，对我个人来说也不是完全没有价值的。

读巴金《家》的时候，也读到巴金40年代的一些小说，比如《寒夜》《第四病室》《憩园》这样一些作品。在现在的文学史评价里，它们基本上被认为是巴金作品里艺术成就最高的。其中有很多悲剧性的处理，而且对事情的理解也变得复杂起来。我觉得最值得肯定的是巴金在40年代知道在写作上怎样控制自己，怎样加强文体上的力量，怎样使用更有力的叙述语言，怎样控制叙述的节奏。从艺术上说，40年代是巴金艺术上成就很高的一个时期。这个问题在夏志清的《中国现代小说史》里有分析，大家可以参考一下。但是50年代初我读《寒夜》《第四病室》《憩园》，并不喜欢，可能热情、肤浅的少年对那种细致、阴郁的情调并不能产生感应吧。

高中之后，我就离开巴金了，确实感到不能满足，而且我当时阅读面也在拓广，也读了其他新文学作家，也读了一点国外的作品。觉得从巴金那里不能获得更多的东西。当然，我们年轻的时候都有点狂傲，包括对赵树理，觉得他“土气”，写农村人的生活故事，一种浅白的叙述，没有深度。有时候，狂傲和肤浅是相生相成的。我想我当时就是这个样子。

第二次：“引导式”阅读

我第二次集中读巴金的作品是1958年年底。这次跟巴金的书的接触主要不是因为个人的原因，而是跟当时社会文化思潮有很密切的关联。反右运动之后，社会主义革命一个很重要的内容就是对过去的文化遗产进行清理，其中就包括中国的新文学。当时认为，一些人成为右派分子，是因为他的世界观或者思想体系是个人主义的，而个人主义世界观、思想体系，在许多经典性的文学作品中都有生动体现。这些作品对一些青年的影响很大，是他们走上右派分子道路的重要原因。所以在反右斗争之后，提出要对过去的文化遗产重新审察、分辨。当时报刊组织了许多对作品的讨论。讨论的问题集中在这些作品在社会主义革命时代还有没有积极意义，还是有很大的消极的或者反动的作用?

讨论的作品涉及外国的，比如罗曼·罗兰的《约翰·克利斯朵夫》。这部作品在40年代后期开始，就对中国的青年知识分子产生很大影响。胡风一派的知识分子都对这部作品非常推崇。路翎，牛汉，以及后来被胡风称为“叛徒”的舒芜都写了文章来谈他们对《约翰·克利斯朵夫》的感受。北大的乐黛云老师在她的回忆录里，也写到她是通过阅读包括《约翰·克利斯朵夫》这样的作品来认识革命、投身革命的。她在贵州报考大学的时候刚好是1949年，当时同时有三所大学录取了她：北京大学，上海的复旦大学，南京的中央大学。她选择北大，因为当时北平已经解放，成了解放区，而南京、上海还是国民党政权统治。从贵州，她先辗转到了武汉。武汉有一个中共的地下工作者，就是后来当了北大中文系党总支书记的程贤策，专门在武汉秘密接待这些南方考上北大的人，组织他们转移到北京。乐黛云老师讲到当时对她震动很大的一个作品就是《约翰·克利斯朵夫》，以及其他一些苏联的作品。1958年讨论的问题之一就是这样的作品现在对我们青年起到什么样的作用。因为克利斯朵夫基本上是一个个人奋斗的青年。当时认为，在社会主义制度下，个人主义、个性主义不再具有积极的社会意义，只可能会产生破坏的力量。1958年到1959年另一部被热烈讨论的作品是司汤达的《红与黑》。讲的是于连从外省到巴黎奋斗的过程。这也是当时对青年人影响很大的一部作品。

中国的新文学集中讨论的是巴金的作品，包括《家》。《家》从1932年开始在杂志上连载，1932年到1937年在上海印行了10版，有广泛的读者，而且的确有很多青年是读了《家》之后走上革命道路的。最早发动对巴金作品讨论和批评的，是上海的姚文元先生，说他“先生”不大好。他写了好几篇批评巴金作品的文章，认为《家》《灭亡》这样一些作品在社会主义革命阶段更多起到的是消极作用。讨论发动起来之后，一些大学就组织了巴金作品讨论小组，其实是带有批判性质的小组。记得当时影响比较大的是北师大学生的小组。另外还有天津、武汉的一些高校。我当时读北大三年级上学期。大二的时候我们班曾经组织过对王瑶先生的批判，我也参加了，但没参加彻底，暑假我回家了，这有点不太好。回来以后，同学已经写了几篇批判文章，并且陆续在《文艺报》《文学研究》（1959年之后改名《文学评论》）发表。自己有点“逃兵”的感觉，所以有了批判巴金作品这个小组，就积极参加。这个小组有六七个学生，由一个在北大进修（或者读研究生？记不清了）的四川大学的青年教师带领。我就是在这样一种背景下来读巴金的书的。这个时候选择的作品基本上是两部分：一部分是《激流三部曲》的《家》《春》《秋》，重读了一遍；另外我们读得比较多的是他早期的作品：《灭亡》《新生》《爱情三部曲》（也就是《雾》《雨》《电》）。也包括更后来抗日战争时期写的《火》这样一些作品。

讨论集中在两个问题上，一个是《家》这样的作品究竟还有没有积极作用。民主革命时期可能有积极作用，那么解放之后还有没有积极作用？或者积极作用大还是消极作用大？这是争论不休的问题。另外一个问题是怎么看待无政府主义在巴金的思想跟创作中所起的作用。巴金的无政府主义基本上是一种博爱，跟其他的无政府主义有不同的地方。他还是主张通过暴力，通过革命的手段来实现无政府主义的理想：博爱的世界大同。这些问题很复杂，我就不讲了，在巴金的研究中，不少评传、论著都有专门讨论。

我对巴金的第二次阅读，实际上是一种“引导式”的阅读，跟我第一次读巴金作品是不同的方式。这种阅读要求你很快地走出作品、走出文本，追求一个“正确”的结论。这种阅读事实上是对自己过去形成的印象、看法，包括一些感性的东西的不断涂抹、修正、提升的过程。这种阅读建立在不承认作品的多义性和阐释的多样性的基础上。“统一的结论”是它所要到达的目的地。

因此，我们的阅读既要事先设定目标，读了之后要经过讨论，形成一致意见。但也遇到许多难题，就觉得应该去请教一些有识之士，由高人来指点。当时商量了一个计划，要去访问北京的一些著名作家和批评家。当时名人的架子还没有现在这么大。况且毛泽东在1958年反复强调要支持年轻人，说历史上总是年轻的打败、打倒年老的人。所以当时对青年人的“革命行动”比较支持。我们打听到了一些作家和理论家的地址后就登门拜访，当然有找不到的，或者碰了钉子的，但是也见到了几位。第一位是人民文学出版社的楼适夷先生，他当时担任副社长。好像是在办公室里跟我们谈话，记得主要是问他《巴金文集》出版的计划、目的等。但是他说了什么，回想起来实在是一点印象都没有。

稍微有点印象是剧作家曹禺先生。曹禺先生住在城里头，记不清是朝阳区还是东城区，可能是东城区的一个四合院里头。他在一个狭小的书房里接待我们。我们向他提出了许多问题，他对我们很热情，但说话相当谨慎。因为那是一个“造反”的年代，当然规模还不如“文革”那么大。年纪大的人，或者意识到可能会成为“革命对象”的人的慎重，是很自然的。曹禺先生对我们的提问回答不多。我们也闲聊了一些东西，他问我们学习怎么样啊等等。当时主要问了他两个问题。一个是我们争论的问题。我们一些同学在《激流三部曲》里比较喜欢《家》这个作品，但也有的比较喜欢《秋》。虽然它们的线索、基本理念是一致的，但是艺术风格上，对人物、矛盾的处理上已经发生了一些变化，明显感觉《秋》里面表现了更多的犹豫，对这个大家庭有更多的依恋、温情的东西，特别是在觉新这个人物的塑造里头，包含了作家很深的感情的因素。这个在《家》里是比较少的。艺术上细节上比《家》也扎实具体一点。读了觉得好的作品，不一定是社会影响力大的，被大家高度评价的作品。在三部曲里头，《秋》肯定不是评价最高的，但有的同学对《秋》的感情更深一些。我们问他对这个问题怎么看？就是在处理旧社会、旧制度、旧家庭的时候，感情因素在创作里头起到什么作用？当时是怎么考虑这些问题的？我们知道曹禺也是出生于类似巴金的这么一个大家庭，这些问题也是他在后来的作品中不断揭露的。曹禺先生好像没有直接回答，他只是含含糊糊地说，我和巴金都是这样一个大家庭出来的，是一个黑暗的大屋子；我们不可能在感情上、经验上和这个大家庭脱离得那么干净，总还有千丝万缕的联系。他就做了这样一个回答。

其他的问题能记起来的是，1942年，他把《家》改编为话剧。为了讨论巴金的《家》，我们也读了曹禺《家》。在二年级的时候，我们曾经到北京的东长安街青年艺术剧院看过《家》的演出。我们明显感觉到曹禺的《家》跟巴金的《家》有很大的不同，而且我们好像更喜欢曹禺的《家》。曹禺突出了一些东西，删掉了一些东西，突出了感情纠葛，特别是觉新和瑞珏、梅小姐两个女性的感情纠葛。而且，曹禺用了很诗意的语言来表现。我们就问他为什么做这样的改编。曹禺先生也只是从小说和戏剧在“文体”上的区别来谈这个问题。他说戏剧要强调矛盾，要集中、组织矛盾的线索等等。不过，“文体”上的差异肯定和当年对巴金批判的主题无关，所以我们对这个回答也有点不太满意。

其实我们要解开的是这么一个“结”，阅读中感动的东西并不见得是最“重要”的东西。这个问题怎么解决？因为在1958年那样一个氛围里，认为最重要的东西就是最先进的东西或者最有用的东西，同时也是最动人的东西。但是实际情况并不是这样。另外一个困惑是，按照当时开展的运动去处理的话，如果作品不能表达一个时代最“先进”的思想的话，这个作品的意义就不大了。这样，中外古今的作品，都需要清理，需要批判，能留下来的就不多了。这是当时我们感到苦恼，甚至有点恐惧的。

当时访问的另一位先生是林默涵。记不清是同一天还是另外一天的下午。我们到沙滩的中宣部的传达室，林默涵当时任中宣部文艺处处长。传达室打电话联系，等了大约有十分钟，有一个秘书一样的女同志匆匆地走出来，跟我们说林默涵同志很忙，希望你们不要占太多时间。我们说一定一定。她就小跑一样地带我们穿过红楼，穿过民主广场，到了落成不久的中宣部大楼。因为第一次看见级别这么“高”的官员，不免看得仔细。林穿着笔挺的毛料的中山装，从里屋走出来，招呼我们围着一个会议桌坐下。我们提出关于巴金的问题，但他好像对这个问题不是很感兴趣，而首先问起前不久（1958年8月）周扬曾经在北大的报告的反应。周扬在1958年提出要建立中国式的马克思主义文艺理论，并打算在北大讲第一讲，接着还有其他的文艺界领导和理论家。但是后来这个宏伟的计划没有继续下去。周扬的报告主要谈文艺与政治的关系，报告已经包含了一些对当时文艺大跃进，文艺的过分政治化、工具化的批评，想纠正当时文艺过分配合政治运动的这么一种倾向。但是我们这些年轻学生对政治情势很不敏感，只是觉得周扬的报告很生动，很有气势，对这样一种微妙的、有中国特色的微言大义不能感应。所以林默涵问北大的老师同学听了报告后有什么反应时，我们都嘟嘟囔囔地不知如何回答，只说很好啊，大家都说很好。林默涵看问不出什么来了，这个话题也就没有再继续下去。

我们就再次问他对巴金作品的看法，但是他也没有正面回答。只是含含糊糊地说作品总是可以讨论的，都是可以批评的，就这么带过去了。可是他突然提到一个事情，给我留下了深刻印象。当时大学里都在开展批判资产阶级学术权威的运动。北大、北师大的很多老教授都受到批判。像北大的王瑶先生就是我们班负责批判的，还有林庚先生、游国恩先生、王力先生，还有语言学方面的袁家骅先生。北师大也是，像钟敬文等很多老先生都受过批判。当然那种批判还是比较“文明”的，不是把人拉出来批斗，主要是发表文章进行批判。林默涵突然讲到一个细节，这个细节跟我们问他的问题并无关联。他说在批判郑振铎的时候，郑振铎当时在中国科学院哲学社会科学学部文学所任所长，周扬同志很不安，打算找一个时间跟他谈一下，做些解释，让他不要放在心上，但是现在已经不可能了。为什么不可能？因为郑振铎先生10月率领中国文化考察团去国外访问，记得是访问埃及以及其他一些国家，中途飞机失事，这个代表团的成员都遇难了。我们听了这些话，不知道该怎么说，没有出声。

我们这个小组后来就商量写文章。我记不清楚我们的文章写出来没有。在我的印象里，好像是不了了之。但是为了准备这次讲座，我昨天查了资料，发现在《文学知识》中有一篇文章肯定是我们这个小组写的，署名是北京大学鲁迅文学社第二小组——肯定就是我们这个小组。为什么我不知道写文章这个事情？唯一可以解释的原因是我后来离开了这个小组。我去参加另外一个批判，就是学期快结束的时候，12月底我又挪了一个地方。谢冕和孙绍振、孙玉石、刘登翰和我，在《诗刊》社徐迟先生建议下，去集体编写中国新诗发展概况这样一个活动。这也是一个带有批判性质的小组，用两条路线斗争来清理新诗发展的历史，把所有的诗人跟诗歌流派都按照政治立场、阶级划分，区分为主流跟逆流、东风跟西风、进步跟反动的两条线索。我为什么对写文章没有印象可能跟这个事情有关系。当然这是另外一个话题。

上面说的是我对巴金的第二个阶段的阅读。这种阅读我们受制于“外来”（但是也为我们认可、信奉）的风尚和理论。当然，阅读过程中不时出现逸出“规范”的感觉、看法，但是这些东西都被认为是不正确或者不重要被清理掉了。我们最后形成带有教条意味的共识。

第三次："职业式"阅读

第三次集中读巴金是"文革"后的80年代。80年代整个文学研究的重点已经转移了。那个时候文学批评、研究的主要工作，是发掘过去被埋没的流派跟作家，对文学史进行相当大幅度的改写。在五六十年代被埋没被批判的文学思潮、流派、作家，如化石一样被挖掘出来。在现代小说方面，沈从文是80年代前期最热的一个作家。后来就是张爱玲、钱钟书等。诗人方面开始是"七月派"，"七月派"过去因为胡风事件是受到批判的。当然80年代最受重视的还是带有现代主义色彩的诗歌流派，比如象征派、现代派，还有"九叶"诗人。巴金在80年代的文学研究里其实是相当边缘化的。从创作上说，巴金也不能说是80年代的"中心作家"。那么，巴金为什么在八九十年代还被特别关注？除了他的威望，在文学界的地位等等因素外，主要就是因为他的《随想录》。《随想录》代表了他的精神，体现了他的人格，表达了他对历史的态度，他这个时期所关切的问题，特别是对当代历史、对"文革"的反思。《随想录》以巴金的方式回答了这些问题。所以《随想录》是一个重要的文本，是巴金作为八九十年代"重要作家"的主要根据。

《随想录》在国内文学界得到很高的评价。也有一些不同的看法，但这些不同看法多半是私下的议论，见诸文字的比较少。偶尔也有一些见诸文字的不同评价。记得当时香港的《开卷》杂志发表了香港的大学生写的文章。文章大致说《随想录》思想观点很好，但是艺术并不是很动人。这个文章被大陆的作家、学者看到后，反响颇大，甚至一些人产生很大的愤怒。《巴金评传》的作者陈丹晨先生，是谢冕先生的同学，也是北大中文系55级毕业的，写了很激烈的文章来反驳。也许我的看法不正确，有点“中庸主义”，我看了这些激烈反驳之后，觉得不必要这样做。问题不是香港学生的批评是不是正确，是不是有道理，而变成巴金不可以批评。这有点奇怪。把这个问题看得这么严重，好像这些文章会损害巴金的声誉。如果几个青年学生写一些文章就损害了巴金的名声，那这个作家也太脆弱了。这是我当时的想法。

80年代末的时候，我又把当时《随想录》已经发表的文章读了一遍。当时阅读的原因其实说来惭愧，是出于“职业”上的需要。我在大学讲当代文学课，在讲“新时期文学”的时候，不可能忽略巴金的《随想录》。当时的感受很复杂。一方面为巴金的人格，为他对历史的严肃态度感动，因为我们不可能如巴金那样做到这点。特别是他把历史反思建立在清理自己的基础上，这点是很多人，也是我做不到的。我们可以比较一下，90年代出版了很多回忆录性质的书籍，特别是回忆反右的。许多当事人采取了揭发、控诉的立场。对当时的不公正、冤案进行揭发跟控诉。受害者的鸣冤叫屈，于情于理，都是正当的。但是比较起来，巴金的勇气和历史反思的严肃态度，更值得我们推崇。事实上，巴金在这些历史事件中要承担的责任并不比另外的一些人多，更不比另外的人大，但他采取了对自己严格的，也就是忏悔、自省的态度。这在中国当代的知识分子中是难能可贵的。

但我对巴金的《随想录》也有不满足的地方。80年代后期，我在课堂上讲课的时候讲到这些看法，后来写到90年代初出版的一本小书里头。这本书叫作《作家姿态与自我意识》，是我根据讲稿整理、补充写成的。我把80年代几位作家的写作做了比较，比较他们在社会转型初期，思想艺术，特别是思想上出现的分化的情况。我们知道，90年代之后中国社会、文化出现了大的剧烈的转折，其实这个转折在80年代后期就已经开始了。80年代前期拥有更多共识的知识分子在80年代后期发生分化。在对待历史上，在作家的历史观上，我当时杜撰了几个题目来谈他们的不同处理方式，和做出这种处理的世界观依据。我说有一些作家是以虚构英雄的幻觉来反思历史，来重建知识分子失落的地位和自信。在80年代前期的许多作家都存在这种情况，包括从维熙、李国文等。巴金跟他们相通的是，他也要重建文人英雄的意识，要重新坚持启蒙主义精神态度。但是巴金认识到前提是必须讲出真理跟真相。他明白知识分子的英雄身份在当代已经陷落，成为没有独立思考精神的人。他反省这一点，实际上是要重建英雄意识，以及对大众讲述真理的资格。所以我用了《以英雄姿态进行自审》这个题目。这是另外一种知识分子的选择。

还有一些知识分子选择了“退却”这样的姿态。“退却”这个词在这里不是一个贬义词，也不是一个伦理上应该受到谴责的态度。80年代末以来许多人认为，五四以来的知识分子幻想自己是民众的代言人，幻想自己能够左右历史的进程，在经历了许多挫折之后，他们认为这其实是一种虚妄，一种幻觉。就像北大的金克木教授在一篇文章中说的，“百无一用是书生”。金先生的文章发表在1989年第5期的《读书》上。书生有什么用处呢？就是退回到他的专业范围里来，能做什么事就做什么事，能研究学问就研究学问，能研究文艺理论就研究文艺理论，能写作就写作，不要奢望自己有很大的发言权，能够左右历史的进程。我在书里举了杨绛的散文《干校六记》作为例子。杨绛在另一本散文集《将饮茶》里，写到她的父亲，有一个题目叫作“我不是堂吉诃德”。我们都知道杨绛翻译了《堂吉诃德》这部作品。她说她最感动的是当堂吉诃德临终的时候，在他清醒起来的时候，他不再认为自己是一个跟风车战斗的英雄，明白了自己的身份，他说了这样一句话：我不是堂吉诃德，我只不过是善人吉哈诺。这是另一种性质的反思。杨绛在《干校六记》、《将饮茶》、长篇《洗澡》里都表达了这个观点：知识分子其实就是书生，能做的工作是有限的，在他们高贵、英雄式的外衣下面，深藏着种种弱点、恶习。理解了这一点，恰恰能使我们做好自己可以做、能做的事情。这是80年代后期知识分子分化的一个很好的个案。但是巴金在《随想录》里表达了不同的态度，始终坚持文人英雄的角色，干预历史的角色。所谓说真话，让大家不忘记“文革”，不忘记历史的行动、言论，都是在这样一种理念下的表现。

我在课堂上（后来也在书里）对《随想录》提出三个问题。一个问题是，巴金一辈子都在为真理而奋斗，是以讲出真理、真相为己任的作家、斗士。但是，用他自己的话来说，在很长一段时间他完全丧失了独立思考的能力。这个“悲剧”是怎样的性质，是怎么发生的？其实在《随想录》里并没有完全解答这个问题，或者说解答得不是很深刻。就像当代文艺界长期以来争论的“写真实”的问题一样，真话、真实的含义，以及如何能够达到“真实”，从来都不是一个简单的常识问题，也不是一个个人的道德层面的问题。这些问题，在《随想录》里并没有得到更深入的讨论。而如果局限于一种偏于伦理层面上的宣告、号召，那么，这种反思并不一定能收到应有的成效。

第二个问题就是关于艺术跟人生的关系的问题。巴金说从他写《爱情三部曲》开始，他就不是一个文学家，不考虑技巧的问题，他只是有话要讲，要对社会发生作用，实际上是一种文学战斗武器论。80年代以后，我们对这个问题有更复杂的看法。这种表达应该说是一种文学观，一种“介入的”、干预式的文学观。在中国这样一个社会矛盾很多，长期内忧外患的复杂环境里，这种文学主张更容易博得大家的支持、同情：文学的功能并不在自身，而是要参与社会战斗，干预社会生活。80年代有一个“文学回归自身”的思潮，就是要对抗文学过分政治化、工具化的弊端。当时提出“纯文学”。文学被要求从战斗的、政治的战车上剥离。但是在90年代之后，复杂的社会矛盾的呈现，又促使对这种“纯文学”的观念进行反省。文学家应该怎么处理这些关系？这也是一个我们需要思考的问题。巴金是坚持他的文学战斗功利主张的作家，他从来没有放弃这一信仰。但是他也不是不关心艺术、形式、叙述的作家，否则他不会对批评他的作品缺乏艺术性的言论做出激烈反应。那么，这究竟应该如何处理?

还有一个问题。巴金是一个历史进步主义者，一个进化论者，一直都相信时间的力量，相信时代会越来越好，争取世界大同的博爱的理念的实现。但是历史的进程可能并不完全是这样，20世纪的复杂性我们已经看得很清楚。理想的有效性问题也是需要讨论的问题。巴金的《随想录》个别篇章已经流露了面对这些矛盾时产生的心理困惑，甚至精神上的打击，但是这些并没有被他认真抓住，他没有在这些考验、打击他的信仰的事实和经验面前停下脚步，认真加以清理。当然这些并不是艺术层面的问题，而是有点像思想史或者其他思想理论的问题。巴金的《随想录》把我们引导到对这些问题的讨论上来，但他并没有尝试进一步展开。从这一意义上说，他的反思又是有明显限度的。我觉得提出这些问题来，并不是损害我们对巴金的敬重，损害巴金在我们时代的思想、人格的价值。

为什么这样说呢？因为我们生活在一个“一切坚固的东西都烟消云散了”的时代，对许多事情都很茫然。我们周围，并不缺少深刻的人、冷静的人，知道自己限度的人，知道自己能做什么不能做什么的人，选择“退却”，并将“退却”充分合理化的人，而像巴金这样一辈子坚持他的信仰的人，这种“傻子”，在我们这里可能过于稀少。所以，换另外一种角度来看，巴金的存在，他的这种发言，是不能替代的。因此，我在课堂上，在书里写过这么一段话来纠正我对巴金的某些批评。当年我也在读德国的一些作家对战争，对重要历史事件的反思性的作品。读的不是很多，包括黑塞的作品，写《铁皮鼓》的格拉斯，所谓“废墟文学”的作家，反思历史上灾难性的后果的一些作家的作品。《铁皮鼓》的中译本出版的比较晚，80年代看的是《铁皮鼓》的电影，还有伯尔的作品。我觉得巴金和他们对历史的反思，虽然一个是直接讲述的方式，一个是小说的方式，反思的深度还是有所不同的。我在讲课的时候说，我确实看到不同作家的历史观有很大的不同，但也看到重要作家的共同的地方。我引用了一位德国的批评家谈论伯尔的一段话来谈论巴金。那位批评家谈伯尔时说，他正直，正直得近乎憨傻……过去我们常说作家是民族的良心，现在这句话听起来已经过时了，但是伯尔让人重新相信这一点。这些话移来评价巴金的为人与写作，我想也是可以成立的。他的作品会有失误（我们不能不承认他的作品思想艺术存在问题），艺术上也肯定有欠缺。但是他的生活和著作绝无欺骗，这是我对巴金感受最深的。

巴金的去世与“新文学”的终结

巴金的去世是一个象征性的事件，象征着五四开始的新文学的“终结”。近来许多人在谈新文学的终结，但大家对终结的看法有很大不同。现在的文学分裂为各种各样的碎片，“新文学”在目前的文学格局里不再是一个整体，也已经不再占据主流的位置。前不久东京大学东洋文化研究所的尾崎文昭教授在北大有一个演讲，题目就叫“中国新文学的终结”。提问的时候，主持会议的钱理群老师就问我有什么话要说。我说我只想问尾崎先生一个肤浅的和学术无关的问题：当你说到新文学终结的时候，你是感到快乐还是感到伤感？同学们笑了起来，结果我也没听清楚尾崎是怎么回答这个问题的。旁边有一个年轻老师叫王风，他说，其实这个问题应该反过来问洪老师。在他看来，尾崎先生毕竟是日本人，新文学终结不终结对他来说可能是没有多大关系，但对我们这些身居其中的“当事人”，就不是那么简单了。我当时也没有回答，但是我现在可以说，巴金的去世、新文学的终结对我来说都是一个长久伤感的事情。

（选自《文学经验》　人间出版社2013年版）

读金克木："30年代初的孔乙己造像"[①]

我在燕园读书、工作已经有40余年了，却不认识金克木先生。燕园里生活着许多著名学者，我读过他们的书，也知道他们的一些事情，却从未见过面，也很少动过拜访请教的念头。2000年8月，听到了金先生去世的消息，我就想，说不定在燕南园的小路上，在未名湖边，我曾经见过他。但是，见面而不知道名姓，那还是等于未曾见面。这件事说起来很惭愧，也有点黯然。

在北大的许多老先生中，金先生的学识、人品，让人敬重。虽然我们对"文如其人"的信仰有时有点过分，但是，我对金先生的印象，却全部来自他的文字。他一定是清楚地意识到"个人的生活是有尽的，随时随地可以结束"，所以，在生

① 原题为《"30年代的孔乙己造像"——金克木先生的〈孔乙己外传〉》。这篇文章的引文，均出于《孔乙己外传》。

命将尽的岁月，自编了多种诗文集，给我们留下了他的“投向未来的影子”。它们是《挂剑空垄》《孔乙己外传》《评点旧巢痕》《梵竺庐集》和《风烛灰》。

《孔乙己外传》这本书，金先生注明是“小说集”。但是，除了前面的《孔乙己外传》《九方子》《新镜花缘》几篇以外，集中的许多篇章，如《化尘残影》《难忘的影子》等，读来更像是回忆录或随笔。以我们的阅读经验，如果看作“小说”，会觉得有些叙述偏于琐细，而布局和人物处理有时也过于随意。但是，不坚持它们是回忆录，金先生应该有他的考虑。在《难忘的影子》后面的自我评点中，他说，“说是小说，说是回忆录，说是笔记，都可以。说真，说假，也都无妨。还是看作小说吧”。这里，他着眼的，更多是有关小说和历史之间的关系，也就是“真实”与“虚构”的问题。他这样讲：

> 一般认为，小说讲假话，是虚构，历史讲真话，是现实。其实小说书是假中有真，历史书是真中有假。小说往往是用假话讲真事，标榜纪实的历史反而是用虚构掩盖实际。

这番话说出了我经常有的疑虑。我想，其实不必借助什么“历史叙事学”的理论，即使只凭我们这些年来的经验，也多少能认同这一点。金先生把笔记、回忆录标以“小说”，可能包含了双重的质疑和反省。一个是对于某些历史记述所标榜的“纪实”的疑惑，另一个是对自己写作的“真实性”的清醒态度。从后者说，“回忆”具有“再造”的性质。对材料的组织和加工，情感和想象的加入，突显和省略，被叙述的时间和叙述时间两者的复杂关系，都使“真实”和“虚构”的界限变得模糊不清。况且，金先生还有他的天真之处。他和读者“捉迷藏”。他不想让阅读过于“舒服”，让读者处于被动的地位。他要我们读他的书，像吃西餐一样，“要自己切，自己加佐料，配合自己的口味”。因而，在《孔乙己外传》中，多种元素组成一个颇为复杂的网：文字和照片，事实和假设，可供证实的线索和故意的隐蔽和省略，交错在一起。它诱惑你费心思去查证，去落实那些人物，那些事迹。但似乎又发出这一切不必那么当真，“不必去追究真假”的暗示。明明有迹可循，放弃等于懒惰；但是认真追索，是否会落入他事先布置的“圈套”？我们不得而知。从这个方面看，《孔乙己外传》中那些回忆录性质的文字，也算是一种文体实验。作者说是小说，也可以有别的命名。套用现在颇流行的含糊其辞的概念，或者也可以叫它“超文体”。

金先生这本“小说集”的文字干净、简洁，表面看来平淡而冷静。看不到铺张的情感抒写，也没有对于严重的“意义”的揭发。但也没有九十将至的老态和迟滞。回忆往事，但不抚摸伤痕。不像现在的一些文字，把旧岁月的残渣作为把玩、咀嚼的材料。反过来，对于历史和现实，也绝不冷漠、超然度外。他坚持一贯的敏锐的警觉。并不依凭阅历和学识，去炫耀什么，裁决什么，轻易预言什么。许多有关“大时代”的风雨，却没有直接书写，夸张自身在“大时代”中扮演的角色。《化尘残影》的小学教员，应该是和20年代末的革命有关系了，也只是轻描淡写，若即若离。进入他的视域的，无非是诸如“莫愁湖畔戏呆客，沙滩楼里系痴人”之类的“寻常事”，甚且是琐细事。况且，对这些事情的讲述，也不是先觉者居高临下的姿态，取的是“小人物”的视角。也就是书里所说的，“入世儿观新世界，小学生游大学城”。

叙述者的这种态度，是由他所确立的身份、生活位置所决定的。这本书的“叙述者”的身份，有时也显得扑朔迷离。在许多时候，会分不清叙述者和被叙述者之间的界限。20年代末的那个小学教员，30年代初在北京“飘泊”的青年A，和在20世纪末的那个回忆者，时时重叠。某种观察，某种描述，某种体验，是人物当时所产生，还是当今回顾时的点评，不好分辨。这是因为，被回忆的对象会摇身一变，化为今天的叙述者，而叙述者也会重访过去的时光，恢复旧时的天真。更重要的是，这种身份的含混和重叠，有着超越时间的生活态度上连贯的缘由。在《孔乙己外传》这本书的开头，载有照片一幅，当是摄于30年代初：一着长衫、戴眼镜的青年，看来好像精明，但又好像木然地看着他的读者。旁边的文字说明是："20世纪30年代初的孔乙己造像"。鲁迅笔下的孔乙己这个"典型"，从读书人和大时代的关系上，已成为落伍者和被遗弃者的"共名"。照片指认的是书中的人物吗？比如说，《难忘的影子》中的青年A？大概可以这样看。青年A为自己写的对联就是，"社会中的零余者，革命中之落伍兵"，"于恋爱为低能儿，于艺术为门外汉"。在30年代初的北京，既无高中毕业文凭，又无所需资费，也没有可以依靠的权势人物，进不了大学校门，不曾做过什么轰轰烈烈的伟业，只能充当他自嘲的"马路巡阅使"和"大学巡阅使"。

但是，这个"造像"，不也就是金先生自己吗？记得十多年前1989年第5期《读书》上载有他的一篇长文，题目就是《百无一用是书生》。文里指出，20世纪以来，读书人所鼓噪、提倡的不见得扎根，所要破坏的也不见得泯灭。"'鸳鸯蝴蝶派'亦存亦亡。'德、赛两先生'半隐半现。尤可异者，'非孝’之说不闻，而家庭更趋瓦解。恋爱自由大盛，而买卖婚姻未绝。‘娜拉’走出家门，生路有限。‘子君’去而复返，仍傍锅台。一方面妇女解放直接进入世界潮流；另一方面怨女、旷夫、打妻、骂子种种遗风未泯。秋瑾烈士之血不过是杨枝一滴……”书生意气，挥斥方遒，这是中国大多数读书人的心态，即使遭遇厄运也是如此。而从自省中看到书生的“百无一用”的一面，则历来少见；更不要说在80年代精英意识高涨的年月。这种“低调”的态度，对于金先生来说，并不是在现实面前回避、退缩的借口，而倒是为着更好地“介入”现实和历史。这样，我们在他的书中，看到一些很不被关注的另外方面，看到时代风潮遮盖下值得珍惜的事物，体验了难以被风雨摧毁的真情，认识了在关于“日日新”的宣告之外，还有“日光之下并无新事”，在现实纷乱的炫目色彩中，见识“旧招牌下面又出新货，老王麻子剪刀用的是不锈钢”，引领我们去思索“历史出下的数学难题”。

读契诃夫：“怀疑”的智慧和文体①

重读将损失些什么

60年代初的几年里，我曾经沉迷于契诃夫的小说和剧本：那是大学毕业前夕，和毕业参加工作的那几年。那个时候，也可以说是两个“革命高潮”之间的“间歇期”。“大跃进”还是昨天的事情，但在心里仿佛已变得有些遥远；而另一次以“文化”命名的“革命”，则还没有降临。

> 在这个悄悄到来的时间夹缝中，即使你并未特别留意，“变化”也能够觉察。日子变得有些缓慢，心情也有些松弛。不再有无数的场合要你表明态度、立场。你为过去居然没有留意冬日夜晚湖面冰层坼裂的巨大声响而惊讶，你开始

① 原题为《怀疑的智慧和文体——“我的阅读史”之契诃夫》。

闻到北京七八月间槐花满树的浓郁香味。你有了“闲适”的心境倾听朋友爱情挫折的叙述，不过还没有准备好在这类事情上进行交流的语言。你经常有了突然出现的忧伤，心中也不时有了难明的空洞的感觉。

在此之前的1959年冬到1960年春，你正读大四。年级四个班被派到京郊农村参加“整社”运动；这是1958到1959年数不清次数的下乡的一次。你的班分散住在平谷县望马台、甘营两个村子里。为了反击“右倾机会主义”，便在甘营的小学教室举办歌颂“三面红旗”（总路线、大跃进、人民公社）的图片展览，班里让你编写漫画、图表上的说明文字。从地里收工吃过晚饭之后，每天总要忙到午夜的一两点，如此十多天。深夜，你拿着手电筒和木棍（老乡说常有狼出没），独自回到相距四五里地的望马台住处。走过积雪有几寸深的空旷寂静的田野，你看到远处海子水库（“市场经济”时代它的名字改为“金海湖”）工地朦胧的灯光，表明“大跃进”的规划仍在进行。但你感受到村庄已被萧条、寒冷、饥饿的气氛笼罩。听着雪地里仿佛不属于你的吱吱的脚步声，你想起另一个班一个同学的自杀身亡：他经受不了“整社”运动的火力猛烈的批判。听到这个消息，正编写着那些解说词的你，瞬间隐隐有了一种负疚的感觉。虽然你很快将这种“错误的情绪”驱赶开，却已经意识到自己那可怜的智力，和同样可怜的感情“容器”，已无法应对、处理这种种纷杂的现象和信息。

当时，同班的一位同学正好有一套分册的契诃夫小说选集（上海平明、新文艺版50年代版）。它们陪伴我度过那些年许多的夜晚。这个期间，我也陆续购买了此时人文社出版的《契诃夫戏剧集》（1960），《契诃夫小说选》（上、下，1962），《回忆契诃夫》（1962）。“小说选”是汝龙先生的译文，剧本译者则分别是丽尼、曹靖华、满涛先生。当时没有读到焦菊隐先生的译作。我的这几本书“文革”期间被同事借走并多次辗转易手，待到想收回时，“小说选”的第一册和《回忆契诃夫》已不见踪影；上面有我当年阅读的各种痕迹，这让我感到有点可惜。

因为和教学、研究没有直接关系，当时并没有认真想过喜爱这些作品的原因。记不清是从《醋栗集》还是《新娘集》开始的，那种平淡、优雅却有韵味的语调吸引了我。自然，还有大家都说到的那种契诃夫式的忧郁和诗意。那种将冷静和内在的温情包容在一起的叙述，对我来说有难以分析的奇妙；就像80年代初第一次听到拉赫玛尼诺夫的音乐，惊讶于悲怆和辉煌能这样的交融在一起。60年代初我二十出头，自然又很容易和契诃夫作品中对生活目的、意义的苦苦思考，对一种有精神高度的生活的争取，以及爱情的期待、破灭等的讲述发生共鸣。回想起来，当时的喜欢，如果套用现在的话，那是在向我展现一种“新的感性”，一种与我经常接触，也曾经喜欢的夸张、坚硬、含糊的文体相区别的文体，后者就像《第六病室》中说的，“总是涂上浓重的色彩，只用黑白两色，任何细致的色调都不用”。这种“新的感性”所教给我的，是我不大熟悉的那种对细节关注，那种害怕夸张，拒绝说教，避免含混和矫揉造作，以真实、单纯、细致，但柔韧的描述来揭示生活、情感的复杂性的艺术。

刚毕业的那几年，我给文科低年级学生上“写作课”，便把我从契诃夫那里感受并充分认同的这种“文体”，有些绝对化地当成艺术准则传授给学生。我本来想选他的《在流放中》作为范文，但担心思想情调过于“低沉”，便换为在“当代”得到认可的《万卡》。作为这种艺术理想的补充和延伸，在课堂上我讲孙犁的《山地回忆》《铁木前传》语言的简洁、精致，讲从朱德熙先生那里“贩”来的对赵树理、毛泽东在语言运用方面精确、传神的分析[①]。

① 我1961年毕业后，多次听过朱德熙先生的文章分析课，如赵树理的《传家宝》，朱自清的《欧游散记》，毛泽东的《丢掉幻想，准备斗争》，汪曾祺（他在西南联大的同学）的《羊舍一夕》等。他对赵树理语言运用的功力十分赞赏。

这种阅读继续到1964年。随后发生的批判运动和“文革”的发生，让我放下了契诃夫，和许多人一样，不同程度投身到这场“革命”中去。这种转变，在个人的生命中也可以说是一种“转折”，其实也包含着“自然”的、顺理成章的因素。“文革”期间我没有再读过契诃夫的作品；但到了“改革开放”的八九十年代，同样也没有。除了“新时期”纷至沓来的各种书籍的吸引力之外，有时候也有一种担心。通常的理解，名著的重读将可能加深原有的感受、理解，但我更明白也很可能会损失一些东西。多次的经验告诉我，重读时既有可能因为有新的发现而欣喜，也会疑惑当年为什么会有那样的感动而惭愧。后面一种情况，不仅自己的趣味、感受力的信心受到打击，而且当初留存的情感记忆也被损毁。因而便告诫自己，为着那些已经成为个人经验世界的一部分印象得到保存，有时候抑制重读的诱惑是值得的。

比如说，你印象中的空气中树脂的气味，林中小路枞树积满的针叶，暮色中树木与树木之间隐藏的阴影，乡村教堂钟楼上夕阳中燃烧的十字架……就像《带阁楼的房子》的结尾所写的：“我已经渐渐忘掉了那所带阁楼的房子，只是间或在画画儿或者看书的时候，忽然无缘无故想起窗子里的绿光，想起我在那天夜晚满心的热爱，在寒冷里搓着手，穿过田野走回家去时候我的脚步声。有时候（那种时候更少）孤独折磨着我，我心情忧郁，我就模模糊糊地想起往事；渐渐地，不知什么缘故，我开始觉得她也在想我，等我，我们早晚会见面似的……”是的，你也许难以明白，这种对曾经有过的温暖，曾经有过的灯光和满心热爱的无缘无故的回想，当然无足轻重，但对个人来说也许不是无关紧要。

但想法还是发生了改变。两年前，参加戴锦华先生指导的博士生孙柏论文的答辩，在《西方现代戏剧和社会空间》中，有一章专门讨论契诃夫戏剧的“知识分子的工作和生活”。

熟悉契诃夫的读者都知道，他后期的戏剧（特别是《三姐妹》《樱桃园》）、小说，“工作”“劳动”是经常涉及的中心命题，这与知识分子摆脱闲散、无聊、庸俗、厌倦，与“新的生活”的创造等联系在一起。在历来的契诃夫评论中，《三姐妹》中衣丽娜的那段著名台词——“人应当劳动，应当流着汗工作，不论他是谁，人生的目的，他的幸福，他的欢乐，就在这儿。”[①]——也总是被作为契诃夫思想的重要的积极因素

① 据曹靖华译本。焦菊隐译本为——伊里娜：“所有的人，无论他是谁，都应当工作，都应当自己流汗去求生活——只有这样，他的生命，他的幸福，他的兴奋，才有意义和目的。”

得到肯定。

对此，孙柏论文在引述江原由美子、约瑟夫·皮珀等社会学家、哲学家的论述后指出，这里表达的“劳动中心主义”，是19—20世纪资本主义社会生产的组织原则的基础，是对“闲暇”，对非职业性、非物质生产性、非实用性的活动、兴趣的歧视、压抑。论文指出，契诃夫显然受到这种“劳动中心主义”的影响，不过也表现了他对这种“工作至上”的疑虑，这种疑虑已包含了他对“工作至上”“劳动中心主义”观念的批判，甚至否定。论文从戏剧内在的反讽基调，戏剧语言和戏剧动作的对比上的分析来支持这一论点。他认为，“不仅因为在作为抽象人类活动的劳动与资本主义具体的社会分工之间存在着不能忽视的重大不同，知识阶层也可能会在工作的选择上发生质的分化，而且‘工作至上’的观念或者劳动中心主义不可避免地要造成的剥削，已经为契诃夫所洞见”。

这是质疑苏联和当代中国（自然也包括我在内）的“契诃夫观”。对我来说，由于原先形成的看法已经难以改变，因此会“本能”地要抵制不同的论述。但我因为没有重读作品，在答辩会上只好委婉地表示我的怀疑。大概出于对年事已高的老师的尊重，答辩者既没有和我发生争论，也没有做进一步解释，只是说回去要读更多的材料，深入思考这个问题。

被迫地改变（哪怕是部分）对所喜欢的作家的印象，无论情感还是理智，都不是很容易的事情。为着寻找质疑论文的根据，终于还是再次拿起契诃夫的书，重读了主要的剧本和一些短篇。

“当代”的契诃夫图像

契诃夫在“当代”（指的是20世纪50—70年代）中国大陆文学界的地位有些“微妙”。根据李今女士的研究，1907年就有契诃夫小说的汉译（《黑衣修士》），1916年中华书局出版他的第一本汉译小说集。但契诃夫在五四时期和30年代初并没有受到特别关注。30年代末到40年代，对他的翻译、出版开始“系统化”“规模化”，并对当时的小说、戏剧创作产生重要影响[①]。这种“集体性”影响的发生，与当时中国作家“沉潜”的心理意向和写作向着“日常生活”倾斜有关。

我在上高中之前从未读过他的作品，不知道柴霍甫就是契诃夫。记得第一次和他相遇是在《文艺学习》上。1954年4月由中国作协主办的这份文学杂志创刊时，封面印有鲁迅先生的

① 李今《三十四年代苏俄汉译文学》第323页、第328页，人民文学出版社2006年版。这个时期，开明书店出版《柴霍甫短篇杰作集》（1—8卷，赵景深译），文化生活出版社编选了“契诃夫戏剧选集”6种。有的作品且有多种译本。如《樱桃园》就有耿式之、俞荻、满涛、焦菊隐、芳信等的译本。

头像，第二期便换成了高尔基。于是便猜测接着将会是谁。莎士比亚？巴尔扎克？从俄苏文学在当时的显赫地位看，似乎更有可能的是普希金、托尔斯泰，或者是50年代被众多中国诗人奉为榜样的马雅可夫斯基。这些猜测全都落空，面前竟是戴着夹鼻眼镜，蓄着山羊胡子的陌生老头（当时以为有六七十了，后来才知道他去世时才44岁；这样的年龄放在“新时期”还是“青年作家”）。之所以选择契诃夫，可能也跟他被“世界和平理事会”定为1954年的“世界文化名人”之一有关。这一期的《文艺学习》除了评介契诃夫的文章外，还附了他的小说《宝贝儿》。读过之后却没有觉得怎么好……

多年之后的60年代初，你读高尔基的回忆录[1]，里面写到托尔斯泰在读《宝贝儿》后，眼睛充满泪水地说，这“跟一位贞节的姑娘编织出来的花边一样”，她们把“所有的幸福的梦想全织在花纹上面。……用花纹、图样来幻想她们所爱的一切；她们的全部纯洁而渺茫的爱情……”。虽然你抗拒地想，“伟大作家”的感受、判断也不见得处处正确，但还是为自己的“幼稚”而似乎脸上发红。可惊

① 高尔基《安东·契诃夫》，《回忆录选》第173页，人民文学出版社1959年版。

讶之处还有，你发现对同一作品的感受竟然会如此不同，当代批评家从《宝贝儿》中见到的，是对于一个缺乏主见、没有独立性的妇女的批评性刻画。也许“幸福的梦想”与批评性刻画都包容于其间，只是托尔斯泰有更大的温厚的胸怀，才能体察、同情普通人，即使是卑微的梦想……

40年代的确是中国文学界“发现”契诃夫的年代，如同有的研究者所说，他对中国的小说、戏剧走向“成熟与深沉”，起了“巨大的推动作用”[①]。这个时期，是抗战初期人们激动兴奋之后，消除某种幻想而趋向清醒的时期。作家发现，用契诃夫来揭示悖谬思想、情境，表现偶然、“孤立”事件和遭遇，传达某种复杂思绪、情感的有效性。

当然契诃夫对不同的作家来说存在不同的“影响”；他们各自有自己的契诃夫。我们在巴金、师陀、张天翼、曹禺这个时期的创作（如《北京人》《第四病室》《寒夜》）中看到契诃夫留下的“印迹”，和在胡风那里看到的差异颇大。胡风1944年的题为《A·P·契诃夫断片》[②]的文章，既是他和

---

① 李今《三十四年代苏俄汉译文学论》下卷第7节，人民文学出版社2006年版。

② 写于1944年8月大后方重庆，收入胡风《逆流的日子》。希望社1946年版。

他的朋友（“左翼”的某一派别）对契诃夫的“当代阐释”，但也是阐释者的“自我阐释”；既是契诃夫画像，也是胡风自画像（或者是“自我”的投影）。在主要由“驳论”构成的文字中，一一批驳了中国“僵硬了的公式主义的批评家”（大概是“左翼”的另一派别）加给契诃夫的种种“恶谥”：“旁观的讽刺者”“悲观主义者”“怯懦者”“没有内容没有思想”“客观主义者”……胡风说，持这种看法的人是“因为麻木了的心灵不能够在他底讽刺、他底笑里面感受到仁爱的胸怀”。在塑造他的契诃夫形象时，他使用了“诚实”“仁爱的胸怀”“含泪者至人底笑”等“胡风式”话语。他甚至借用鲁迅的话，（有些不着边际地）称他“在无物之阵中大踏步走……但他举起了投枪”。这样的“战士”的、新时代“预言家”相貌的契诃夫，有可能让这个时期的曹禺、巴金、师陀认不出他。不过，他们与胡风也应该有着共识，这就是，那些“平平常常的人生，不像故事的故事，不像斗争的斗争”，也有着深切的人生真相；对那“逆流的日子”里的“日常生活”悲剧性的揭示，和与此相关的“简单的深刻”的文体，也有它们的不容轻慢的价值。

进入50年代，40年代发掘的这种思想、艺术经验变得可疑、不合时宜起来。乐观主义、明朗、激烈冲突和重大事件，是

“当代美学”的几个基本点。等待着契诃夫这样作家的，如果不是被彻底“边缘化”，被忘却，那就需要有新的阐释。如果我们还喜爱某个作家，需要他的“遗产”来为当代的文学建设助力，那么就必须提出与这个时代的文学标准、时尚相切合或能够相通的理由。五六十年代中国文学界的契诃夫评价，说起来像是在延续胡风的观点（在将有点抽象的人性内容替换为阶级含义之后），其实基本仿照当时苏联主流批评家[①]的模式和尺度。一方面强调他对“旧生活”的批判，把他称为“伟大的批判现实主义作家”，赞扬他对旧俄沙皇统治下的虚伪、黑暗生活做了深刻揭露、尖锐批判；另一方面则指出由于他未能形成“完整正确的世界观”，没有与工人阶级的革命运动结合，而产生阶级、时代局限（脱离政治的倾向，作品中“忧愁、悲哀的调子”就是这种局限的表现）。[②]提到他的“强的一面”的同时，之所以不能忘记他的“弱的一面”，是为了不至于导致将“旧现实主义”与“新现实主义”混同，模糊先进的“无产阶级文学”与“资产阶级文学”根源于阶级、世界观的区别；

---

① 对当代中国的契诃夫阐释影响最大的是苏联“契诃夫研究专家”叶尔米洛夫。50年代，翻译出版了他的多种研究论著，如《契诃夫》《契诃夫传》《论契诃夫的戏剧创作》等。

② 参见杨周翰、吴达元、赵萝蕤主编《欧洲文学史·下册》，陈毓罴《契诃夫小说选·前言》，王西彦《真实与真理》，陈瘦竹《契诃夫论》等论著。

如爱伦堡（在他的《司汤达的意义》中）、秦兆阳（在他的《现实主义——广阔的道路》中）在50年代所犯的“错误”那样。

在这样的“规范性”评价之外，或之下，你也发现其实存在着不同程度逸出“轨道”的部分。这种觉察，让你困惑，有时也让你欣喜。不要说他的艺术在“当代”已经成为典范性质的遗产，成为老一辈作家（如茅盾等）引领文学学徒的范例，并在有关短篇小说特征、技巧的讨论中，成为某种“本源性”的事实（侯金镜先生还以他的作品为根据，提出以“性格横断面”和“生活横断面”来“定义”短篇的主张）。更重要的是，那种“日常生活”的悲剧，那种“简单而深刻”的文体，对于“庸俗”“麻木”的警惕，在50年代一些作品中若隐若现地得到继续。如果你举出《组织部新来的年青人》《改选》《茶馆》等作为例证，相信不会过于离谱。显然，他，连同他的“弱的一面”，仍在赢得一些读者（观众）的心，引发他们的“共鸣和神往，微笑和浪花”（王蒙语）。这种不由规范评价所能完全包括的亲近，很大可能是“寄存”于个体的某些情感、想象的“边缘性处所”，某些观念和情绪的顽固，但也脆弱易变的角落。于是，他有时就成为感情孤独无援时得以顽强支撑的精神来源（张洁《爱，是不能忘记的》），但对他的迷恋也可能让人“变得自恋和自闭”（王蒙的自传），而在环境的压力下被迫与他告别的时候，就有了并不夸张的痛切（流沙河《焚书》：“留你留不得，/藏你藏不住。/今宵送你进火炉，/永别了，/契诃夫！”）……

孤独的“无思想者”

王蒙说：“俄罗斯的经历是太严酷了，它本来不可能容得下契诃夫。它可以产生果戈理，它可以产生陀思妥耶夫斯基，它可以产生屠格涅夫、普希金，强烈的与理想的浪漫的，却不是淡淡的契诃夫。所以契诃夫就更宝贵。樱桃园和三姐妹就更宝贵。”[①]“太严酷”的说法，和别尔嘉耶夫的“世界上最痛苦的历史之一”大概有相近的意思：“同鞑靼入侵和鞑靼压迫的斗争；国家权力的经常性膨胀；莫斯科王朝的极权主义制度；动乱时期的分裂；彼得改革的强制性；俄罗斯生活中最可怕的溃疡——农奴法；对知识界的迫害；十二月党人的死刑；尼古拉一世所奉行的可怕的普鲁士军国主义的士官生制度；由于恐惧而支持黑暗的无知的人民群众；为了解决冲突和矛盾，

① 王蒙《寻找女人和狗》，《上海文学》，2007年第4期。

革命之不可避免；最后，世界历史上最可怕的战争。……”[①] 自然，可能还得加上精英知识分子和一般群众之间的分裂、脱节和存在的鸿沟：“受过教育者与‘愚暗人民’（dark folk）间的巨大社会分裂”，“启蒙最大与最欠启蒙的人之间，没有一个逐渐扩大、识字、受教育的阶级借着一连串社会与思想步骤为之连接。文盲的农民与能读能写者之间的鸿沟，比其余欧洲国家阔大。”[②]

在这样的历史境遇中，作家、知识分子普遍迷恋观念、理想，拥有履行崇高社会责任的庄严的使命感，就是理所当然的事情。激进的、有正义感的知识分子，都会“准备为了自己的理想去坐牢、服役以至被处死”。别尔嘉耶夫说的大概有点道理：“俄罗斯人不是怀疑主义者，他们是教条主义者。在他们那里，一切都带有宗教性质，他们不大懂得相对的东西”；“在俄罗斯，一切按照正统还是异端来进行评价”。[③] 这就产生了将文学艺术看作讲述真理，解决社会问题的载体，而社会和道德问题是艺术的中心问题的强大意识。丹钦

---

① 别尔嘉耶夫《俄罗斯思想》第5页，雷永生、邱守娟译，三联书店1995年版。

② 以赛亚·伯林《辉煌的十年》，《俄国思想家》第151页，彭淮栋译，译林出版社2001年版。

③ 别尔嘉耶夫《俄罗斯思想》第25—26页。

科说道，在19世纪80年代，俄国文学界发生的文学思想性方面的争论中，“纯粹艺术上的问题”是被瞧不起的；“人们并非开玩笑地说，要获得成就，必须经受苦难，甚至被流放几年”，“诗歌的形式被轻视。只剩下‘传播理智、善良’或者是‘无所畏惧、坚决前进’，……普希金和莱蒙托夫被束之高阁。”①

处于这种性质的“主流文化”之中，温和的，有点软弱，敏锐纤细，而又比较“懂得相对的东西”，拒绝“党派性”立场的热衷，和对激昂的陈词滥调的“思想”迷恋的契诃夫，确实有些特别，也有些不合时宜。契诃夫生活的时代，是俄国激进社会民主革命高涨的时期。他的写作、思考，不可能自外于这一社会潮流。但他也并没有积极介入，做出直接的反应。他对“到民间去”的既强调土地、民间性，也重视知识分子启蒙重任的“民粹主义”，保持着距离。因此，他活着的时候，就受到了“悲观主义者”“无思想性”“无病呻吟的人”对他对社会问题和人民“漠不关心”的指责。在他身上，确实存在着伯林所说的，与“俄国态度”不大相同的另一种艺术态度。被

① 《回忆契诃夫》第442页。《回忆契诃夫》，1962年1月人民文学出版社版。书中收入契诃夫同时代人的22篇回忆文章。除契诃夫的亲属外，大多是与他有交往的作家、艺术家，如柯罗连科、列宾、斯坦尼斯拉夫斯基、聂米罗维奇·丹钦科、高尔基、布宁、库普林等。

有的作家称为“不讲说教的话”的“俄国最温和的诗人”契诃夫，不能够指望得到俄国批评界的了解和好感，“他们不是要求列维丹把牛、鹅或女人画进风景画去，使风景画‘活’起来吗？……”①

其实，我们现在看来，契诃夫的作品并不缺乏“思想”探索，不缺乏对社会生活、时代问题的关切。但他坚持的是以个体艺术家（而不是“党派性立场”）的独特感受为出发点。因此，他认为作家“应当写自己看见的，自己觉得的”，他回避回答人们“在小说里要表达什么”的提问，也不想在自己的作品中布满种种“使得俄罗斯人的脑筋疲劳不堪的、恼人的思想”。不过，在强大时代潮流之中，个体毕竟是脆弱的。孤独感的产生说明了这一点。契诃夫大概也不能自外，虽然他并没有被击倒。

面对“悲观”“无思想性”的指责，你注意到，不管是苏联，还是中国的那些热爱这位作家的批评家、读者，都会强调他后期对革命，对美好明天所做的“预言”，来证实他是关切时代的乐观主义者。你在60年代也按照这样的逻辑，在心中默默为他做过同样的辩护。不过，你同时

① 布宁《契诃夫》，见《回忆契诃夫》第520页。

读到俄国作家布宁的一则记述，这种辩护的力量虽说没有完全破坏，也因此受到一些削弱。

那是1900年（世纪转换的年头！）冬天一个温暖、寂静的夜里，布宁和契诃夫乘坐马车，穿过已有春天柔和气息的森林。契诃夫突然问：“您知道我的作品还会给人读几年吗？七年。”布宁辩驳说：“不，……诗可以长期存在。诗的寿命越长就越有力量。”看起来契诃夫并不信服这些话，他用疲惫的眼光看着布宁说：“……只有用这种词句写作的人才能被人称为诗人。例如，‘银白色的远方’啦，‘谐音’啦，或者是‘走向战斗，走向战斗，同黑暗搏斗！’……反正我的作品还只能给人读七年。而我的生命要比这更短，六年。”

布宁写道，“这一次他错了，他并没有活那么久”。他只有再活四年。布宁的这则记述写于1904年9月，那时契诃夫刚刚去世。

“怀疑”的智慧

我们生活的不少时间里，存在着一种界限清晰的观念方式，对把握“无限性”的坚信，执着争取道德制高点，并发布道德律令的热情。在这种情况下，精细、复杂、怀疑有时被看作一种病征，具有可疑的性质。契诃夫的独特，在于他坚持以艺术感性的复杂和“怀疑”的智慧，来在已深入人心的象征方式和思维逻辑中，争取一个“微弱”的空间。在他写作，也在我们阅读的时代，这样的艺术不可能成为“主流”。在呼唤“暴风雨快点到来”和“暴风雨”已经到来的岁月，人们不需要这样的艺术。

原因在于，在他的文字中缺乏决断。我们见到的更多是互相矛盾、牵制，甚至互为抵消的态度和情感。虽然神学的象征主义者将他与高尔基笔下的人物并列，同样归为“精神贫穷”的“心理上的”流浪汉[①]，而高尔基对他也有出乎寻常的景仰，但他毕竟不是“无产阶级作家”，具有高尔基在“当代”那样的崇高地位。他对于庸俗的揭发是尖锐的，但我们同时也看到揭发又是温和的。他严厉地嘲笑了庸俗和慵懒，但也似乎为这种严厉而有些难为情。他表达了对人的思想、精神生活高度的向往，但对这种向往本身也感到疑惑。他的故事发生的地点都在“外省”，那些不满“外省”乡村停滞、沉闷生活的觉醒者都在向往着莫斯科和圣彼得堡，但他也揭示莫斯科出身的知识精英同样无所作为。他相信美好爱情、友谊的力量，却从

① 参见梅列日科夫斯基《先知》，赵桂莲译，东方出版社2000年版。

未给看来顺理成章的情感幸福以完满结局。无疑他十分重视沟通、理解在人的生命中的重要性，但突破“隔膜”的障碍在他看来前景渺茫：那两篇在当代通常被当作揭露黑暗社会中劳动者痛苦生活的短篇（《万卡》和《苦恼》）中，孤独几乎成为人的命定的处境。他既通过人物之口表明知识分子需要以“工作”来拯救自己和改变社会现状，但也没有给予那些热情“工作”的人物以无保留的肯定。况且，他确实（如孙柏论文指出的）揭示了“工作”的各种不同性质，指出某些“工作”的“剥削”性质，和对人的精神、创造力的压抑。在《我的一生》中，建筑师的儿子挑战上层社会成规，选择了“异数”之路，自愿成为体力劳动者，“生活在必须劳动，不得不劳动的人们中间”。但他因此真切看到，“他们像拉大车的马那样劳累，常常体会不到劳动的道德意义，有时候甚至在谈话中也不用‘劳动’这两个字。”——这从一方面，涉及这个庄严话题中残酷地包含的虚假意义的真相。

这种内在于文本中的矛盾性，也表现在文体的层面。关于契诃夫一些作品（小说和戏剧）在“风格”上究竟属于“喜剧”，还是属于“悲剧”，因为难以区分，一直存在不同理解和争论。例如，在中国当代舞台上被作为“正剧”，或带着悲剧性风格处理的《海鸥》《樱桃园》，作家本人却坚持认为，并在剧本上标明它们为“喜剧”……

这确实是一个有趣，且在很长时间里你感到费解的问题。李今女士的著作谈到，《樱桃园》的译者焦菊隐先生认为它是一出“社会象征剧”，说契诃夫是一位“社会病原”的诊断的医生。可是在40年代芳信所译的《樱桃园》里，附有日本学者米川正夫《关于柴霍甫的戏剧》的文章，他强调的是契诃夫戏剧中的“笑的意义”，“实在比许多批评家所想的要重大得多，也许可以说是第一义的”，并提醒人们注意契诃夫本人的观点，说《樱桃园》并不是表现悲惨不安的俄国现实的思想剧，而不过是以愉快的笑为目的的轻松喜剧；它“不是用笑来缓和泪，而是用泪来加深笑”，因此芳信将它译成了一部“轻松的喜剧”。但你60年代是绝对相信焦菊隐先生的看法，虽然那时你不是没有注意到《契诃夫戏剧集》（1960年版）附录的“题记”中，引述了作家本人的话，强调《樱桃园》“不是正剧，而是喜剧，有一些地方甚至还是闹剧”。你也知道，1904年1月《樱桃园》的演出，契诃夫对演出并不满意，包括导演对它的风格所做的总体解释。在给妻子克尼碧尔的信中他埋怨：“为什么要在海报和报纸广告上那么固执地称我的剧本为正剧？”他认为导演丹钦科和斯坦尼斯拉夫斯基“从我的剧本中发现的绝不是我所写的东西”。但是在60年代的当时，你还是信任自己的感觉，和当代中国导演的处理，而不大理会作家自己怎么说，不能接受这样的表白。1960年下半年或者1961年年初，你曾写过一篇千字文，名字似乎是《栽下一棵树苗》，登在《人民日报》的副刊。记得结尾就引《樱桃园》作为例子，将花园里传来的砍伐树木的声音，看作一个旧的制度、旧的时代灭亡的象征。在那个“喜剧”“悲剧”都失去合法地位的“当代”（在50—60年代，曾有过关于“喜剧”“悲剧”的当代意义的，最终却没有结果的讨论），你自然不会相信这样严肃、重大的主题，可以用“喜剧”（或“闹剧”）的方式来处理。

事实上这里可能存在某些含混的成分，也就是说，事情的不同方面可能是互相渗透和交错的，因而具备了可以从多个侧面理解、阐发的可能性。但我想，合理的阐发也可能是一种综合的理解。我们不大可能以“反讽”的意味来理解《樱桃园》中的那些台词（“我们将建立起一个新的花园，比现在这个还要丰美”，“在我们眼前将展开一个新奇美丽的世界”……），理解被经常引述的契诃夫的“再过三百年，生活将会变得多么美好啊”（这出自作家库普林的回忆）的话：在很长的阅读史中，它们被众多导演、演员、研究者“公认”为是作家对未来生活乐观的诗意告白。然而，说实在的，在我看来，像“三百年后”之类的这种夸张言语，出自“像害怕火一样害怕夸张”的契诃夫之口，委实有点难以想象。人们为了塑造一个符合时代集体心愿的契诃夫，会有意无意忽略了这些庄严、美好的思想告白之下存在的，虽不易觉察，但真实的嘲讽、有时候甚至是“颠覆”的笑声。

在契诃夫留给我们的遗产中，值得关注的是一种适度的，温和的“怀疑的智慧”：怀疑他打算首肯，打算揭露、批判的对象，但也从对象那里得到启示，而怀疑这种“怀疑”和“怀疑者”自身。这种“怀疑”并不是简单的对立、否定，因而不可能采取激烈的形态。它不是指向一种终结性的论述，给出明确答案，规定某种坚硬的情感、思维路线。他从不把问题引向一个确定的方向，他暴露事情的多面性，包括前景。也就是说，思想捕捉各种经验与对象，而未有意将它们融入或排斥于某种始终不变、无所不包的一元识见之中。他不是那种抽象观念、超验之物的耽爱者，他偏爱的是具体的日常经验和可证之物。他为这个越来越被清晰化，日渐趋向简单的世界，开拓小块的“灰色地带”，并把这一“灰色”确立为一种美感形式。

这种思维方式和美感形态，其独特性和弱点、弊端都同样显而易见。而且，说真的，这个具有“怀疑的智慧”的人，从根本上说也不是一个可以亲近的人。“亲近”在这里，不仅指日常生活人的交往（他的同时代人有不少相近的描述，比如，“在他脸上，最突出的是他眼睛里那种细致的、冷峻的纯俄罗斯式的分析神情”，感到他“周身披着刚强的铠甲似的”。再比如，“摆脱不开这样的印象，‘他没有和我们在一起’，他是观众，而不是剧中人”），“亲近”还是指读者与作家、文本所建立的那种关系：他让读者信任和投入，但也不同程度有意损害、破坏这种信任和投入。

这种状况的产生，归根结底来源于作家对自己和自己社会处境的认识。他可能是意识到“生活”本身，在他所批判的“制度”之外原本就包含着“琐碎、卑微方面的悲剧性”，也可能明白相信自己同样没有办法处于“生活”的残酷逻辑之外……

> 不仅契诃夫认识到这一点，高尔基也同样意识到。高尔基说，“‘庸俗’是他的仇敌；……他嘲笑了他，他用了一管锋利而冷静的笔描写了它”；“然而‘庸俗’……也用一个恶作剧对他报了仇：就是把他的遗体——一个诗

人的遗体——放在一辆装‘牡蛎’的火车里面。”这指的是契诃夫去世后遗体运回莫斯科这件事。高尔基在这里发现了其中象征的意味。对于这一结果，当然不是契诃夫所能具体预见到的，但就整个的情势而言，你觉得肯定不会特别出乎他的意料。你在这次重读中，从不少作品里，看到对高尔基下面这些话的有力印证："在他这种温和而悒郁的笑容里面，我们看出了一个知道语言的价值和梦想的价值的人的敏感的怀疑”，“在他对人的态度里面隐隐地含得有一种跟那冷静的绝望相近的沮丧”。这种“沮丧”，也包括对自己未来的预想。在《主教》这个短篇，你读到一种对于命运的，并不把自己摒除在外的描述。在它的结尾写到那个名叫彼得的主教死了，接着新的主教到任。这时谁也不再想到彼得，他完全给人忘记了。只有他的老母亲在牧场上遇到别的女人，谈起自己的儿子和孙子的时候，才会说到她有个儿子，做过主教。而且，她说这些话的时候总是胆怯，深怕别人不信；

而“事实是，也有些人真的不信她的话。”

不奢望，也就不会有苛求

在《契诃夫回忆录》中，谈及契诃夫的爱情和家庭生活的有两篇。一篇是女作家阿维洛娃的《在我生活里的安·巴·契诃夫》，另一篇出自契诃夫妻子克尼碧尔—契诃娃笔下。在60年代，前者吸引着我，让我激动，以至不觉得它有几十页的篇幅。它是阿维洛娃去世5年（1947）之后才公开发表的，里面记述了契诃夫与她的秘密的感情关系。写到有三个孩子的阿维洛娃，在1889年见到契诃夫时，怎样地感到一种“照亮我的灵魂的亲密”，并“老是带着淡淡的、梦样的哀伤想起他”。这里面有“刻骨铭心”的情感，让当事人甜蜜，但也经受折磨的思念。当然还有许多有关爱情的“小伎俩”“小诡计”穿插其间，增添了这种无望的情感经历的滋味。这看起来有点像契诃夫《关于爱情》这个故事的现实生活版本：被压抑的、温柔忧郁的爱有可能粗暴毁掉平稳的生活所产生的胆怯。

所幸的是，不论是《关于爱情》这个短篇，还是契诃夫自己，都没有落入这样的俗套。其实并不是有关勇气、胆量的问题。作家经常提出，也苦苦思索的问题是，情感、思想的那种没有间隙的交流是可能的吗？在契诃夫的札记中，他对此做了回答："爱情，这或者是某种过去曾是伟大的东西的遗迹；或者是将来会变成伟大的东西的因素；而现在呢，它不能满足你的要求，它给你的比你所期待的要少的多。"正是在这个问题上，这样一句话讲得十分确切："不爱是容易理解的，而爱却永远无法成为谈话的内容。"（引自孙柏论文）

但是在60年代，你不了解，也没有条件了解这一点。你处在一个幻想的，热衷于"浪漫"情调和"浪漫"表达的年龄。契诃夫对这种"浪漫主义式"的事物、情感总是持一种怀疑的态度。因此，你几乎没有注意到莫斯科艺术剧院演员的克尼碧尔—契诃娃（1870—1959）的那一篇《回忆契诃夫》。克尼碧尔所写到的深挚情感，完全不是阿维洛娃式的。里面没有什么"觉得我的心忽然跳了起来，好像什么东西打中了我的头似的"那种叙述。"我决定把我的生活与安东·巴甫洛维奇的生活结合起来，尽管他身体很弱，而我又是那样热爱舞台。我相信生活可能，而且应该是幸福的，事实也是如此，我们虽然常常因为分离而痛苦；但这些痛苦的离别之后总是愉快的会面。"——这样的平淡、理智，甚至谈不上亲密的文字，在你年轻的时候，觉得有点诧异。而他们结婚的时候，契诃夫在给苏沃陵的信中的那些话［“请原谅，要是你愿意的话，我就结婚。不过我的条件是：一切应该照旧，那就是说，她应该住在莫斯科，我住在乡下（他当时住在梅里霍沃），我会去看她的。那种从早到晚，整天厮守的幸福，我受不了。我可以当一个非常好的丈夫，只是要给我一个像月亮一般的妻子，它将不是每天都在我的天空出现”］，更觉得不可思议。这封信克尼碧尔也读过，但是如克尼碧尔说的，他们从未谈过“生活不能彻底结合”的原因。

不过，在你年老时重读的时候，你离开了对阿维洛娃叙述的热爱，你却从克尼碧尔那里得到真正的感动。契诃夫去世的情景，克尼碧尔有如下的记述：

医生走了，在这寂静、闷人的夜晚，那瓶没有喝完的香槟酒的瓶塞忽然跳起来，发出可怕的响声……天渐渐亮了，大自然醒来，我听到鸟儿温柔、美妙的歌声，它们像是在唱第一支挽歌，附近教堂送来一阵阵的琴声。没有人声，没有日常生活的纷扰，眼前只有死亡的美丽、静穆和庄严……

我直到听见醒来的生活的第一个响声，看见人们走进来，这才感到悲痛，感到自己失去安东·巴甫洛维奇这样一个人，但是，……我当时究竟有什么感受，有什么体验，我要反复地说，这对我来说至今仍旧是一个不可捉摸的谜……那样的时刻，在我的生活里以前不曾有过，将来也不会再有了……[1]

也许倒是意识到存在某种障碍，意识到不可能“彻底结合”的克尼碧尔，对契诃夫有更真切的了解。她因此也尊重了这种了解。契诃夫也好，克尼碧尔也好，并没有对他人，或者对自己的情感、生活有所奢望，因而对此也就没有苛刻、过分的要求。

2007年7月—2008年3月

（选自《我的阅读史》 北京大学出版社2011年版）

---

① 《契诃夫回忆录》第644页。

读《日瓦戈医生》：生活的多个面向[①]

1958，知道日瓦戈这个名字

1958年，诺贝尔文学奖颁给这部小说的作者，在苏联和西方引起轩然大波。年底，当时属于“社会主义阵营”的中国，首先在权威的《文艺报》上对这一事件表态，刊登了两篇文章[②]。一篇题为《杜勒斯看中了〈日瓦戈医生〉》，作者署名“本报评论员华夫”。具体执笔者不明，猜测可能是当时《文艺报》主编张光年先生。另一篇是《诺贝尔奖金是怎样授予帕斯捷尔纳克的？》，属于资料辑编性质。同时，《人民日报》刊登了苏联作家西蒙诺夫批判文章的译文，但是我没有读过。第二年年初，《世界文学》[③]发表了臧克家的《痈疽·宝

① 原题为《一部小说的延伸阅读——“我的阅读史”之〈日瓦戈医生〉》。

② 《文艺报》1958年第21期，11月5日出版。

③ 《世界文学》1959年第1期。

贝——诺贝尔文学奖为什么要送给帕斯捷尔纳克？》和刘宁的《市侩、叛徒日瓦戈医生和他的创造者帕斯捷尔纳克》两篇文章。

华夫（张光年）文章开头对“亲爱的读者”有这样的提问：“你们知道有个叫作帕斯捷尔纳克的苏联作家吗？尽管你们读过不少苏联作家的作品，你们对帕斯捷尔纳克这个名字大概还是生疏的。”——情况确如他所说。在五六十年代，我知道不少“苏联作家”的名字，也读过不少他们的作品，高尔基、马雅可夫斯基、法捷耶夫、绥拉菲摩维支、西蒙诺夫、肖洛霍夫、苏尔科夫、伊萨科夫斯基、特瓦尔多夫斯基、富尔曼诺夫、费定、卡达耶夫、盖达尔、爱伦堡、安东诺夫、波列沃依……却真的从未听说过帕斯捷尔纳克。阿赫玛托娃的名字倒是知道的，那是因为日丹诺夫1946年的报告提到她，说她是“无思想的反动的文学泥坑的代表”，“她的诗歌是奔跑在闺房和礼拜堂之间的发狂的贵妇人的诗歌”。这个报告，中译文本收在1953年出版的《苏联文学艺术问题》一书之中，这本书是当时中国作家整风、学习“社会主义现实主义”的必读文件。[①]对于《日瓦戈医生》，“华夫”文章称它是“反苏、反社会主义的小说”，是对苏联革命、苏联人民的诬蔑和诽谤；帕斯捷尔纳克则是一个“旧俄遗留下来的有着花岗岩脑袋的”“苏维埃社会的渣滓”，他“现在受到全体苏联作家和苏联公众的一致的唾弃”。

当年我尽管没有（也不可能）读到这部小说，却不妨碍接受这样的论断；正像没有读过阿赫玛托娃的诗，也不假思索地认可日丹诺夫的裁决一样。现在看来，不仅是我，写批判文章的华夫、臧克家、刘宁，以及当时所有的中国作家、读者，都没有读过这部小说。[②]甚至掌握着帕斯捷尔纳克命运的苏共中央领导人赫鲁晓夫，当时也没有读过。[③]“华夫”批判文章中对这部小说内容的空洞、含糊的描述（“小说中的主角日瓦戈医生是一个旧俄资产阶级知识分子，他仇视革命，仇视新制度。作者通过这一人物恶意地描绘了一幅俄国知识分子在新社

---

① 日丹诺夫1946年在苏共党积极分子会议和作家会议上的《关于〈星〉与〈列宁格勒〉两杂志的报告》。《苏联文学艺术问题》，人民文学出版社1953年版。

② 给日瓦戈加上“市侩”“叛徒”的字眼，显然也是当时没有读到小说的缘故。大约是到了20世纪60年代，“内部出版”的《外国文学参考资料》，才编载有这部小说的梗概，和国外的一些评论文章。

③ 据赫鲁晓夫女婿阿朱别依的回忆，赫鲁晓夫在处理《日瓦戈医生》事件的时候，也没有读过。他读这部小说，是在他失去权力退休之后。参看《人与事》第343页，北京，三联书店1991年版。

会‘毁灭’的图景，对苏联红军和苏联的新生活进行了各种诬蔑”），很有可能是来自苏联《真理报》1956年10月26日的批判文章。

在20世纪50年代，《日瓦戈医生》成为世界冷战角力的一个事件。西方“帝国主义阵营”看到“社会主义阵营”内部出现质疑十月革命和苏维埃制度的声音，当然如获至宝，开动各种宣传机器“大声喝彩”。而“社会主义阵营”这边，则只要杜勒斯（持坚定反共立场的美国国务卿）、《纽约时报》、《时代》周刊、美国之音等赞赏这部小说，它的“反动”“诽谤新制度”“仇视革命”的性质便昭然若揭。华夫说的“杜勒斯看中的东西，还会是什么好东西吗？”——就是支撑一个时代的政治、哲学逻辑。在这样的情境下，读还是没有读倒是次要的事情了：重要的不是事实怎样，不是做出判断之前的“观看”，而是立场和维护立场的勇气。因而，当年另外的众多评论，比如作家亚马多、莫里亚克、加缪、格林、毛姆、赫胥黎等人的，或者被强制归入这一两极化论述之中（“和杜勒斯一个鼻孔出气”，“重复着杜勒斯的反苏滥调”），或者难以为两极化论述所完全包容而被忽略、遗漏。

1986，看了改编的电影

在我这里再次提起《日瓦戈医生》，是在“新时期”的80年代；也不是读到小说，而是看了改编的电影[①]。1986年8月，我参加《诗刊》社在兰州举行的“全国新诗理论讨论会”。那个年代，组织观看个人难以看到的西方和港台的电影录像，是会议主办者经常安排的，受到欢迎的节目。一个晚上，我们被带到兰州一所大学的一间教室里，看的就是《日瓦戈医生》。虽然有很高的期待，结果却颇为失望。部分原因是观看条件的限制：不大的电视屏幕；三四十人挤在一起；结结巴巴的同声翻译。当时留下的是一些破碎的印象：1905年阴暗街道上骑兵对游行队伍的镇压；犹如“文革”开始时的那种对贵族、富人家产的剥夺；瓦雷金诺雪地上那有点像玩具的房子；战地包扎所里美丽、端庄的拉拉；日瓦戈莫斯科街头的猝死……

电影总体的不佳印象，读了小说之后得到加强；虽然知道它得到奥斯卡的多个奖项。不喜欢将它向浪漫的爱情剧偏移。不喜欢那种美国式的俄罗斯想象；他们不懂得“无与伦比、声名显赫的俄罗斯母亲”的“历尽苦难，坚忍不拔，乖戾任性、

① 美国米高梅公司1965年出品，导演大卫·里恩。

喜怒无常”；“既受着人民爱戴，但又经受着无法预见没完没了的深重灾难”[①]。不喜欢日瓦戈的造型——他让我想起“文革”后电视播放的电视剧（《安娜·卡列尼娜》，BBC制作）中那有着小胡子的渥伦斯基。不喜欢被一些轻音乐乐队[②]经常演奏的有些甜腻的主题曲（据说叫作“拉拉之歌”）。80年代，我曾一度对刚听到的拉赫玛尼诺夫的音乐（第二交响曲，第二、第三钢琴协奏曲，以及《钟》等）入迷，虽然他和柴可夫斯基过于靠近，但觉得那才能与《日瓦戈医生》取得关联。也许电影语言无法复现小说的那种情境，那种深广的心理内容。但是，小说对俄罗斯土地、对大自然的那种热切爱恋，电影的手段并非就无能为力。况且，一些人物、一些事件，也由于某些僵硬的意识形态理解而被简单化了……

1987，读到了小说

这一年终于读到这部小说。1986年年底到1987年，《日瓦戈医生》在中国大陆相继有三种中译本问世：一是漓江出版社（广西桂林）的“获诺贝尔文学奖作家丛书”版（1986），译者力冈、冀刚。接着是顾亚铃、白春仁译的湖南人民出版社

---

① 《日瓦戈医生》漓江版第471页。

② 詹姆斯·拉斯特、莫里亚、曼托瓦尼等乐队。

版（1987），和外国文学出版社（北京）的蓝英年、张秉衡版本（1987）[①]。另外，中文译本还有台北远景版[②]。我最初读的是漓江的本子，从北大中文系资料室借阅的。这次为了写这篇文章，请学生到图书馆借这个版本，竟然就是我20多年前读过的同一本书！拿起这本书，有说不清的感慨：不知有多少双手翻检过它，装订线已经损坏，书裂成两半，绿色封面已磨损褪色，“医生”两字已无法辨认……

初读的时候，也觉得不是我心目中的《日瓦戈医生》。譬

① 蓝英年、张秉衡的译本，1997年又被编入“获诺贝尔文学奖丛书”，由漓江出版社重版。2006年，列入“名著名译插图本”丛书，由人民文学出版社出版。在当前的评论中，似乎蓝英年、张秉衡本更具权威性。不过，由于先入为主的“偏见”，我印象较深的是1986年的漓江版；我这篇文章引文均出自这个版本。但人物名字则采用更通用的译名。当然，我相信译文会有高低之别的；这种高低可能是局部的，也可能是整体的；我无法做出判断。这里举日瓦戈的诗的一个片段做比较：

湖南人民版：

岁月会流逝，你要结婚，/将忘却种种不平。/成妇人身——是番壮举，/摄他人魂——该算英雄。

漓江版：

过几年，等你嫁了人，/会忘记这些杂七杂八的东西。/做女人是很伟大的事，/使男人发疯是了不起的业绩。

人文版：

岁月流逝，你要嫁人/你得把这些混乱不堪的日子抛在脑后/做女人是件伟大的冒险事业/把男人弄得神魂颠倒是种英勇行为。

② 作者名字和书名译为巴斯特纳克《齐瓦哥医生》，黄燕德译。我没有读过这个版本，据说是根据英文版的节译。

如，叙述好像不是很清晰，结构也有些随意，以至为了弄清楚人物和他们的关系，就费了不少气力；以前读托尔斯泰、屠格涅夫他们的长篇，好像不是这样的。另外，发现它不是索尔仁尼琴《癌病房》《古拉格群岛》那类作品，没有特别强调苦难、政治迫害和抗议。那些年，索尔仁尼琴式的故事，好像更能满足我们对于“政治意识形态勇气”的渴望，《日瓦戈医生》的视角和着眼点有很大不同。还有一点是，艺术、技巧上的“传统”和“守旧”，看不到什么“先锋”色彩。80年代，中国大陆文学界的创新热潮风起云涌，以现代主义为核心的“先锋”探索几乎成为艺术等级的标尺。但我在这本小说里面，没有见到什么新颖的方法；没有超越性的象征、寓言结构，没有时空的倒错，没有意识流，没有“过去现在时”……

不过，最初产生的这种与预想的距离，在阅读过程中，有一些却转化为我喜爱的东西。就艺术而言，我逐渐理解对于作家所要讲述的事情，这种“朴实”的方法也许最为合适；甚至那种整体结构不太严谨的随意性，也变得情有可原起来。其实，帕斯捷尔纳克也不是不能“先锋”，在20世纪的头20年，也曾热衷新的语言、形式。但在写作《日瓦戈医生》的时候，他反省了1940年以前自己的文风，抑制、放弃了那种华丽，才情外显，炫耀想象力的风格；比较他不同时期的回忆录（《安全保护证》和《人与事》），可以看到这个变化的轨迹。小说写到日瓦戈的诗歌艺术追求，这也可以看作就是作家的“夫子自道”：“要求自己的诗明白、淡雅，仍用那些人人熟悉的形式作外壳，……希望自己能创造出一种严谨、朴实的笔法，使读者或听者在不知不觉中掌握诗的内容：他一生孜孜以求的是一种不尚浮华、平易近人的风格。”自然，小说的这种回忆、沉思的温和语调，也要求读者持相应的阅读心情。由此我逐渐认识到，“先锋”固然可以开创、引领艺术潮流，但某些具有重要意义的作品，倒是常表现了向“传统”“后倾”的选择。

针对过去对这部小说的批判，中译本出版后的一段时间，评论[①]常常强调它并非“政治小说”。如果从小说“类型”看，这个说法能够成立。与那种典型的“政治小说”文体的区别，主要表现为处理“个人时间”和“历史事件时间”的关系的不同。虽然《日瓦戈医生》写了个人命运为“历史”所制约、限定，却没有让个人生活经验，让丰富的生存之

① 最初中国大陆的评论，常以译本的前言或后记的方式出现。如漓江版的前言《反思历史，呼唤人性》（薛君智），湖南人民版的前言《作家与作品》（晓歌），外国文学、人文版蓝英年写的后记、前言等。

谜，隐没、消失在“政治的确定性”之后。不过，这也不是说它的内涵不具有强烈的“政治性”。试图为那段至今争议不断的历史作证，参与对20世纪初俄国革命的合法性及后果的思考，就是一种“政治行为”，尽管是以个人经验为基点和限度。

80年代我读这部小说，并没有一种比较“温和”的心态，而是明显的“问题”阅读。我与作品取得关联的主要“问题”有两个，一是关于文学的“独立传统”，另一是对当代革命（特别是“文革”）造成的精神后果。那个时候，“当代文学”的缺陷、问题正被反思，引入的参照之一是20世纪俄苏文学。俄国20世纪初的象征派、形式主义文论，以及别雷、古米廖夫、曼德尔施塔姆、茨维塔耶娃、布尔加科夫、扎米亚京等作家的情况、文本，开始打破封锁陆续有了译介。这一参照提出的问题是，在相近的社会制度，在思想、文学都受到严格控制的情况下，为什么当代中国不可能出现如《日瓦戈医生》那样的作品？答案是我们这里尚没有形成一个与政治分裂的独立的文学传统。

在1988年的当代文学课上，我用了很多时间，讨论“文学结构”与“政治实践”的复杂关系。我说，我理解的文学“独立传统”，“文学回到自身”，并不是指文学与政治脱离干系，文学只应关心形式、技巧，不是说创作要回避政治性题材，作家应该不食人间烟火，不关心现实的政治、经济问题。这既不合理，也不可能。有学者说，“没有一个社会对作家的要求比俄国更多”——这话挪到现代中国也一样，甚至更为合适：作家必须提供社会真相，进行道德裁决，指示前景出路——我们这里不是滋生“纯文学”的土壤。“独立传统”是指作家、文学要有自己独立的见识，摆脱对权力的谄媚和依附，建立独特的观察社会，探索心灵的视角。做到这一点，关键是作家如何取得独立的精神地位的问题。我当时认为，这是《日瓦戈医生》所提供的宝贵的经验。现在看来，那时我在文学、政治等问题的理解上有些绝对，也有些简单化；对19世纪以来俄国文学与政治分裂、对立的传统的解释也存在偏向。

但是我相信，这个问题仍是一个尖锐的问题。

《日瓦戈医生》阅读的另一关联，是关于“革命”造成的精神后果。80年代，我在“文革”期间的体验尚未淡忘，虚假、空洞言论，不断讲违心话等造成的心灵刺痛，还没有像现在这样钝化。因而，便自然地与书中的这些揭发产生强烈共鸣：

是什么妨碍我工作、行医和写作？我想，不是贫困和漂泊不定的生活，而是现今盛行的空洞夸张的词句，什么即将到来的黎明啦，建成新世界啦，人类的明灯啦，当你最初提到这些词句时，你会觉得这思想何等开阔，想象何等丰富！可实际上恰恰是，因才华不足才去追求这些华丽的辞藻。……

在这些鼓动革命的人看来，动乱和变化是他们唯一感到亲切的事情，他们宁可不吃饭，只要给他们世界规模的东西就行，……人生下来是要生活的不是为准备生活而生。生活本身，生活的好坏，生活的本领，才是要紧不过的事！……

一个崇高完美的理想会变得愈来愈粗俗，愈来愈物化。这种事在历史上是屡见不鲜的。希腊就这样变成了罗马，俄国的启蒙运动也就这样变成了俄国革命。……

现在，心脏微细出血的情况很常见……这是一种现代病，它的病因据我看是属于精神方面的。我们中的大多数人被迫经常说违心的话、做违心的事，言不由衷，赞美自己厌恶的东西，称颂带来不幸的东西，日复一日……

孩子们真诚，没有虚假，不怕说真话，但我们怕人家说我们落后，便准备出卖我们最珍贵的东西，称赞我们厌恶的东西，附和我们不理解的东西。

……

期待腐败的社会出现“质变”的知识分子，却“沉重”地看到变革催生了怪异的新面孔、新形象。这种精神变异，一定程度体现在斯特列尔尼科夫（拉拉的丈夫安季波夫）的身上。[①]他确有对革命的热忱，他追求品德的纯洁，充溢着来自内心的、并非做作的正义感。然而，后来却发生了如他妻子所说的那种变化，“一张活泼的脸变成了某种思想的化身、原则、模型。……这是他所献身的力量所造成的。这力量虽然崇高，但却毫无生气且残酷无情。”他因此形成“只有原则性，而缺乏心灵的无原则性”[②]（“心灵是不管一般情况，只看个别情况的，心灵之所以伟大，就因为做小事情”）的性格。

90年代末我读别尔嘉耶夫的书，看到对这种情形有相似

---

① 当时读着《日瓦戈医生》，想起“文革”初读造反派组织编印的《周扬在文化艺术方面的反革命修正主义言论汇编》的批判材料。周扬1961年6月23日在“全国故事片创作会议”上讲话，忧虑于当代将青年培养为“头脑简单、感情简单、趣味简单”的现象。他的举例是北京某大学一个出身革命干部家庭的女生，“一切都讲原则，按原则办事。她除了《红旗》《人民日报》《毛选》，其他的书都不看。……同学对她有一个评语：这个人很好，可惜不像是生活在人类社会里的人。”

② 在蓝英年、张秉衡的译本中，这句话译为“他的原则性还缺乏内在的非原则性”。

的描述，说这是“新的人类学类型”：“被剃得光滑的、规整的、进攻的和积极的性格”[①]。他们为着某种光辉、抽象的“原则”而生活，而决定言语、分配爱憎，并竭力使用（语言、肉体）暴力方式，对他人施加规范和控制。我之所以对这样的新面孔印象深刻，是因为在“文革”时期，见识了社会情势如何怂恿、推动这种人物、性格的滋生，见识了光辉的谎言如何成为精神瘟疫蔓延，见识了“缺乏心灵的无原则性”的“原则性”个人，怎样不由自主地或者转化为伪善，或者在人格分裂中表现了精神的惊恐和变态。

80年代是激情的、理想主义的；“乌托邦”那时还是“诗篇”。因此满怀信心期待这种精神病态得到控制、疗治。现在知道错了。相比起来，像斯特列尔尼科夫这样的追求品德纯洁，为着“原则”生活的人现在其实已经不多；普遍性的“说违心的话、做违心的事，言不由衷”已经表现得“自然”得体，内心也不再有惊恐和不安。人们又一次经历了因“期待”而陷入的尴尬和苦涩。因而，也认识到当时我将这种“时代病”，将这种原则、理想的“物化”全部归结为“革命”的遗产，显然有些不大恰当。

① 别尔嘉耶夫《自我认识——思想自传》第223页。雷永生译，上海三联书店1997年版。

1994，“生活”的概念

90年代初我有两年不在国内，1993年年底回到北京，读到诗人王家新以帕斯捷尔纳克为题的两首诗（《瓦雷金诺叙事曲》和《帕斯捷尔纳克》）。其中，“终于能按照自己的内心写作了/却不能按照一个人的内心生活/这是我们共同的悲剧”的句子，常被征引。这些沉痛的诗句的含义和产生的时代背景，我是明白的，也产生共鸣。随后，一个偶然的机会读《人与事》①的小册子。王家新的诗，《人与事》中的回忆和信件，以及重读《日瓦戈医生》，引起我对“生活”这个词的注意。我的阅读开始离开了原先那种简单的“摘句”方式。帕斯捷尔纳克在给友人的信里说，在这部小说里他要“勾画出俄罗斯近四十五年的历史面貌”，表现“通过沉痛的、忧伤的和经过细致分析过的主题的各个方面”。又说，“我已经老了，说不定我哪一天就会死掉，所以我不能把自己要自由表达真实思想的事搁置到无限期去”。他把这个写作当成对“非常爱我的人”写的“一封很长的信”。

① 《人与事》，乌兰汗、桴鸣译，三联书店1991年版。收《安全保护证（纪念莱纳·马里亚·里尔克）》和《人与事（自传体随笔）》这两篇自传性作品，以及一些书信和对帕斯捷尔纳克的评论、访谈。

这是不陌生的偿还“债务”的紧迫心情。瞿秋白写作《多余的话》，巴金写作《随想录》，都由这样的心情驱使。《日瓦戈医生》的“债务”意识，从“重要”的方面说，大概就是我们常说的那种历史承担；而从“小”的方面，则是对于包括“爱我的人”在内的“生活”的感恩。对“生活”的感恩这一点，是我80年代完全忽略的。在与苦苦追寻“政治正确性”的心情稍有距离之后，我才发现，理解了这一点，并意识到它的重要。由此我认识到，对苦难、不幸的倾诉，“政治抗议”等，自然十分重要，但不是生活的全部，也不是《日瓦戈医生》的全部内容。我才懂得感谢在描述艰难时世时采用的非感伤、非怨恨的叙述语调。80年代觉得小说在处理重要情节时，笔调过于平淡；现在也才懂得感谢这种“平淡”，觉得“平淡”有的时候正好是举重若轻的大师手笔。在这次阅读中，心灵也才有空间来容纳关于人的情感、心里细微活动的描写，对大自然的感受，以及对艺术、精神问题的讨论。

这与作者对“生活”概念的理解有关：“历史”虽然拥有巨大的“吞没”力量，但个体生命“节律”的隐秘并没有被取代。作家的关注点不只在揭示、抱怨历史对“生活”的摧毁，不只是讲述生活的“不能”的“悲剧”，而且也讲述“可能”，探索那种有意义的生活在特定情境下如何得以延续。帕斯捷尔纳克1940年写给阿赫玛托娃的信说，“生活和渴望生活（不是按别人的意愿，而只是按自己的意愿）是您对生者应尽的责任，因为对生活的概念易于摧毁，却很少有人扶持它，而您正是这种概念的主要创造者”[①]——这也正是他写作《日瓦戈医生》的动机和所要达到的目标。

电影（1965年里恩版）与小说对斯特列尔尼科夫这一人物的处理，是一个能说明不同的“生活”概念的例子。电影在讲述这个人物时，重视的“政治确定性”理念，因此赋予这个人物自以为是、僵硬、残忍的面孔，来表现革命造成的人性“异化”。小说作者自然有他的“意识形态”立场，但他揭示了这种人物在复杂生活中形成的性格、精神的复杂性：既表现那种“原则性、刚正”、革命狂热的光辉，也揭示隐藏甚深的怯懦，不敢面对自己良心的恐惧。对于“人性”弱点的深刻了解，也让作家的笔墨留有分寸，且将“悲悯”给予了这个并不认同的对象。由于这样的理解，90年代初再次翻阅这部小说时，原先忽略的一些部分，一些细节，在阅读中改变了面貌，引起情感的波动。譬如迷恋自己的“原则性”，迷恋自己才华的斯特列尔尼科夫最后自杀的场景：

① 《人与事》第276页。

日瓦戈生起灶火，拿起水桶到井边打水。一出门，他看到斯特列尔尼科夫横卧在小路上，离台阶只有几步光景，头扎在雪堆里。他是自杀的。血从左太阳穴流出，把下面的雪染成了红色。血滴沾上雪花，成了一颗颗小血珠，就像上了冻的山梨果。

红色的山梨果的意象在书中出现多次；有一章就题名“山梨树”。美丽，却如小血珠的殷红山梨果，能引发我们探测叙事人不愿、也难以明言的复杂思绪。

应该在这样的背景下来理解日瓦戈的那段话：“在俄罗斯的作品中，我现在最喜爱的便是普希金和契诃夫的天真，他们不侈谈人类的最终目标和他们自身的解放。对这个问题他们不是不懂，但他们很有自知之明，他们不空谈而且也毋需他们去谈！果戈理、托尔斯泰、陀思妥耶夫斯基为死亡做了准备，他们很不放心，一直探寻人生的意义，不断进行总结，而普希金和契诃夫潜心于具体的艺术活动，在活动中默默地度过自己的一生，与别人毫不相干……”这是一种世界观、艺术观，也是对俄罗斯文学脉络的描述。帕斯捷尔纳克自然倾向后者，但也并没有想将日瓦戈的这个想法推论为普遍性的“法则”。甚至他也不是借人物之口来排列文学史的等级。我们只要在《人与事》中，就可以看到他对托尔斯泰的那种敬仰之情[①]。而且，《日瓦戈医生》也并非将探索“人类的最终目标和他们自身的解放”，“探寻人生的意义”排除在外，相反倒是可以见到托尔斯泰小说的那种主题格局。日瓦戈（或许也就是帕斯捷尔纳克）这个表述的意义，他对“非政治化”写作的肯定，产生于一个空谈最终目标，人的精神、艺术活动被“政治正确性”主宰的时代。为此，他提供了一种“抗毒（解毒）剂”，削弱人们对那种思潮的追捧而已。正是在这样的意义上，帕斯捷尔纳克让他的人物赞同普希金这样的话：“我现在的理想是有位女主人，/我的愿望是安静，/再加一锅菜汤，锅大就行。”这让我想起瞿秋白《多余的话》的结尾：“……中国的豆腐也是很好吃的东西，世界第一。”如果说它们都包含某种“反讽”的话，那么区别在于：后者是苦涩无奈的，是内在于话语之中的，而前者的“反讽”则不存在于文本自身，需要放到时代格局的大语境上才能辨析。

2009年6月的一天，我在台湾大学马路对过的书店（台大

① 有关俄国文学与政治激进思想、政治行为形成分裂、对立传统，是一个普遍性观点。不过，以赛亚·伯林的关于托尔斯泰、屠格涅夫的论述，说明这种“分裂”是被夸大了。伯林指出，即使持艺术的纯粹与独立本质信仰的“唯美”的屠格涅夫，也全心相信，社会与道德问题是人生与艺术之中的紧要问题。参见伯林《托尔斯泰与启蒙》《父与子》等文。《俄国思想家》，彭淮栋译，译林出版社2001年版。

诚品）里，看到刚出版的米兰·昆德拉的集子《相遇》[①]。翻读到《遗忘荀白克》[②]这篇短文，我一时愣住了。昆德拉遇到一对大他五岁的犹太夫妇；他们青少年时代在德国纳粹集中营度过。由于他们这样的经历，昆德拉在他们面前惶惶不安；这种不安惹恼了他们。昆德拉说，“他们让我明白了一件事，那里的生活什么面向都有，那里有泪水也有玩笑，有恐怖也有温柔。为了对自己生命的爱，他们抵抗着，不愿被变成传奇，变成不幸的雕像，变成黑色纳粹之书的档案。”他们在凶险、艰辛的环境下从事的艺术活动，“是将感觉与思想的每一面向完全展开的方法，好让生命不致缩减为恐惧的单一维度”。文章接着写道：

> 我想到上个世纪的最后几年，记忆、记忆的责任、记忆的工作，是这段时间的旗帜性字眼。人们认为追剿过去的政治罪行是一种光荣的行为，要一直追到阴影里，追到最后的污点里。然而，这种极其特别的、具有控诉性及目

① 台北皇冠文化出版公司的《米兰·昆德拉全集》第15册，尉迟秀译，2009年版。这是一本文艺批评集。作者在首页的题词是：“……和我的思考以及回忆相遇；和我的旧主题（存在的与美学的）还有我的旧爱（拉伯雷、杨纳切克、费里尼、富恩特斯……）相遇”。

② 荀白克，中国大陆通译为勋伯格。

的性、急于处罚人的记忆，和特雷辛的犹太人如此热情怀抱的记忆毫无共通之处，他们才不在乎对他们施刑的人是否不朽，他们所做的一切只是为了将马勒和荀白克留在记忆里。①

昆德拉当然不会认为历史不应清算，不会认为艺术不应表现历史重大主题；他自己的作品说明了这一点。他对勋伯格（荀白克）的清唱剧《一个华沙来的幸存者》就给予极高评价，称它“是以音乐题献给犹太大屠杀最伟大的纪念碑”，说“20世纪犹太人悲剧的一切存在本质都活生生地保存在这个作品里，在它可怕的庄严之中，在它可怕的美丽之中”。问题只是出现了这样的偏向：“人们争吵着，不让大家忘记杀人者，而荀白克，大家都忘了他。”——这里的分歧，是“认为政治斗争高于具体生命、艺术、思想的人和认为政治的意义在于为具体生命、艺术、思想服务的人”的分歧。

1998，海燕与“蓬间雀”

接着便说到1998年。这一年我参加了“90年代文学书

① 《相遇》第188—189页。

系”[1]的编选工作，并具体负责“学者散文卷”。有朋友向我推荐陆建德先生的学术散文。果然写得精彩。学识渊博不说，思想、文笔也犀利、智慧、漂亮，便选了他的五篇文章；谈《日瓦戈医生》的《麻雀啁啾》是其中之一。

也许是不少评论将日瓦戈讲的很完美，《麻雀啁啾》开头一句便是“日瓦戈医生不是一个精神完美的形象”。这应该是没有什么疑问的；“完美”、光滑本来就是这部小说所要质疑的事情之一。《麻雀啁啾》指出，日瓦戈对“落难”时救助他，并为他含辛茹苦七年的玛林娜“毫无思念之情”，而作品的“叙事人”（也可以简单化地看作帕斯捷尔纳克）也站在日瓦戈一边，不给她同情和尊严。这可能是事实，说“可能”是我觉得文章说的有些夸张；不论是日瓦戈，还是作者，都还不是那么无情尖刻。陆建德阐述了立场、情感上的偏向，如何影响了作家艺术想象力。小说写到日瓦戈、拉拉、东尼娅等的时候，笔端充满温情，对他们情感的刻画发挥了“十分酣畅淋漓的大师手笔”，而写到玛林娜和她父亲，写到革命游击队员，

① 这套选本虽然标明由洪子诚、李庆西主编，其实，立意、具体组织和出版等工作，均由策划者贺照田、博凡承担。共六卷：主流小说卷《融入野地》（蔡翔主编）、先锋小说卷《夜晚的语言》（南帆主编）、女性小说卷（戴锦华主编）、作家散文卷《新世代的忍耐》（耿占春主编）、学者散文卷《冷漠的证词》（洪子诚主编）、诗歌卷《岁月的遗照》（程光炜主编）。

则僵硬、“生气不足”；原因就在于玛林娜等出身于“贫寒的家庭”。陆建德敏锐地在这个不少地方持单一叙事视角的文本的光滑表面下，发现裂隙，发现其中（人物和叙事人）的“阶级意识”和阶级偏见，指出这种意识、偏见“有时会变为创造性想象和同情的严重障碍”，影响到对“重大社会问题的处理”[1]。

这个问题的提出，在《日瓦戈医生》的中国评价史上既是新的，也是旧的。说是“旧的”，因为对这部小说最大的争议，就来自建立在不同阶级、政治立场基点上的评价。说是“新的”，则是自80年代以来，“阶级”观念在中国文学批评中逐渐退出视野，准确说是已经边缘化。因此，《麻雀啁啾》重提这一问题，至少在我这里，当时就有了“新鲜感”。这应该也是90年代后期反思“告别革命”，重新评价革命“遗产”这个思潮的折射。但《麻雀啁啾》没有采取那种翻转的方式和逻辑，没有重新强调阶级是唯一正确的视点。它是在对《日瓦戈医生》理解的基础上的有限度的质疑和修正，表现了历史阐释的复杂态度，耐心了解问题中重叠的各个层面，不

① 陆建德正确指出，“……小说（尤其是后半部）缺乏叙事方式的复杂性。在应该有多声部、多视角的地方读者往往只能听到一个声音，被局限一个视角。”

简单将它们处理为对立的关系。

陆建德的文章，运用了我们熟悉的对比性形象：海燕与麻雀。它将日瓦戈与斯特列尔尼科夫放在一起比较，说后者在激变时代果敢决断，不惧炮火，“把暴风雨当成千年盛世的前奏，……像海燕一样在风暴雷电中飞翔，毫无惧色”，而日瓦戈则是“没有志向的燕雀”，后来更“避世且以庸居自乐”。虽然褒贬明显，但毕竟“时代不同了”，文章并不打算再正反黑白分明，所以接着也限制这个褒贬。它乐意将温情，甚至称赞给予燕雀，说它也自有其“独特的执着”；虽“是平凡乃至平庸的，但它也有使人肃然起敬的时刻”，它“是依人而居的生灵，它的啁啾与海燕好斗的高歌相比自有其温和的魅力”。“有使人肃然起敬的时刻”，那是因为生活经验告诉我们，做这样的麻雀也不是很容易。日瓦戈和他的作者在那样的乱局中，不愿趋炎（潮流），也拒绝附势（权力），坚持自己确立的“志向”，这哪里是“庸居自乐”的“避世”者可以做到的？没有很大的勇气，能够抵挡得住各种极端力量的吸引和打击？正是有了这样的勇气，才能看到事情的许多方面，察觉到一个以无情的手段来推进人性理想的设计有变成其反面的危险。

《日瓦戈医生》并不回避在对待革命和暴力问题上，因阶级出身、生活遭际等的不同而观点对立；日瓦戈与斯特列尔尼科夫的争论，日瓦戈与拉拉的谈话都正面写到这一点[①]。但它的倾向是明确的，它的主人公从赞同革命，到因为暴力和精神后果问题而质疑、反对革命的转变，就是对这一历史问题的回答。因此，《日瓦戈医生》不是《母亲》（高尔基），不是《铁流》（绥拉菲摩维支），不是《毁灭》（法捷耶夫），也不是《静静的顿河》（肖洛霍夫）。它曾经得到的赞扬，受到的抨击的依据，很大部分建立在与《母亲》《铁流》《毁灭》等的对比之上。

小说中表达的这一思想、精神脉络，是俄国19世纪赫尔岑、屠格涅夫、契诃夫等的延续。《日瓦戈医生》的这一思想、精神态度，在20世纪初俄国艺术家、知识分子那里具有普遍性。目睹俄国社会的腐败，制度的黑暗，他们期望、并参与“把多少年发臭的烂疮切除”的手术。革命被许多诗人、知识分子（勃洛克、斯克里亚宾、别雷、别尔嘉耶夫……）看作

① 斯特列尔尼科夫对日瓦戈说，革命“这一切不是为您安排的，您也无法了解。您是在另一种环境下成长的。市郊的铁路沿线、工棚，曾经是另一番天地。这里肮脏、拥挤、贫困；劳动者、妇女的人格受到侮辱”，而那些寄生虫却荒淫无耻，道貌岸然，逍遥法外。“我们把生活看成行军，为我们所爱的人铺路架桥，尽管我们带给他们的只有痛苦……”漓江1986年版第549—550页。拉拉也对日瓦戈说，“我在童年时期就熟知贫穷和劳动的滋味，因此我对革命的态度和您不同。我对它感到亲切。我感到革命有许多亲切的东西……”

腐败社会的“净化器”。但是，革命的实行，带来的制度变革和对文化、对人的精神产生的影响，却出乎他们的意料。对他们最为震动的是两个方面：一是人道主义理念在流血、暴力等极端手段面前的错愕，另一则是面对普遍性精神变异的忧虑。自由主义知识分子这种更多基于伦理、美学基点的“精神性”观察，使他们为所信仰的精神自由、个人独立原则受到的威胁、损毁而惊恐。俄国革命后流亡国外的尼·别尔嘉耶夫，在他的《自我认识——思想自传》中表达了这样的矛盾。他指出，对革命的发生最要负责任的是“旧制度的反动力量”，“俄国革命是正义的和不可避免的”。但也说明了他对革命失望，以至对立的缘由：“首先是精神自由的原则，对我来说，这一原则是原初的，绝对的，用世界上任何财富都不能出售的”；“另一原则作为最高价值的个性原则，它不依赖于社会和国家，不依赖于外在环境，这意味着，我保卫的是精神和精神的价值。”[①]以赛亚·伯林也刻画了知识分子这样的矛盾：“他们希望摧灭他们觉得完全邪恶的当道体制。他们相信理性、世俗主义、个人权利、言论与结社及意见的自由，各集团与种族及国家的自由，更大的社会与经济平等……但他们又

① 参看别尔嘉耶夫《自我认识——思想自传》的第九章《俄国革命和共产主义世界》，雷永生译，上海三联书店1997年版。

害怕，恐怖主义或雅各宾手法引生的损失可能无法弥补，而且大于任何可能的益处。他们畏惧极左派的狂热与野蛮，害怕它们对他们所知的唯一文化的蔑视，以及它对乌托邦妄念的盲目信仰……”①

这就是日瓦戈，也是帕斯捷尔纳克的原则和他们的内心矛盾。

《日瓦戈医生》没有给它的主人公以心爱、美丽的结局。它不讳言拯救“历史中的个人”这种行为的悲剧性质——这是契诃夫众多小说、剧本已经呈现过的。《日瓦戈医生》证实着契诃夫对20世纪自由知识分子悲剧命运的预言。日瓦戈的经历，他最后的“蓬头垢面，心力交瘁”，他的猝死街头，都可以看作是作家不大情愿，却没有办法拒绝做出的隐喻。帕斯捷尔纳克1948年11月3日给弗雷登别格的信有这样的话：

> ……这并非害怕死亡，而是意识到最好的愿望和成就、最好的保证都不会有结果，因此就想竭力回避幼稚气，并走正路。其目的在于：倘若需要什么东西淘汰，那么就让无错的东西灭亡，让它不因你的过失而灭亡。

---

① 以赛亚·伯林《俄国思想家》第355页，彭淮栋译，上海，译林出版社2001年版。

他接着说，“你不必对这段话苦思冥想。倘若这段话写得让人看不懂，那只有好处。”[①]——在这段“让人看不懂”的话里，也许能够体会他所面对的是无从解决的困局，和面对这个困局的绝望。

日瓦戈不是一个榜样，不是英雄传奇中的那种完美化身。他就是那样的一个被历史当成人质，但又不屈不挠试图挣脱、超越的普通人，一个有很高文化修养、心性敏锐细腻，对生活充满爱心的普通人。他的心声、情感，值得倾听和感受，他的许多言行值得尊敬。他的忧虑可能就是我们的忧虑：“这类不愿意打破自己原则、不愿意背弃自己信仰的理想目标的温和人士，其对双方爱憎交加的困境，成为第二次世界大战以来政治生活的一个常见特征。”[②]

当然，尊敬、倾听，甚至认同，也并不就意味我们原先对莱奋生（《毁灭》）、对保尔·柯察金（《钢铁是怎样炼成的》）的敬意必须全部丢弃；他们之间在心灵深处有某种共同之处。

---

① 《人与事》292—293页。

② 以赛亚·伯林《俄国思想家》第354页。

2002，秋天的别列捷尔金诺

1956年我中学毕业，第一次离开南方的县城来到北方。人情世故的差异需要慢慢体会，而大自然的鲜明对比则能够容易见到：望不到尽头的大平原；高大挺直，叶片在微风中会亲切交谈的杨树；冬日傍晚，落尽叶子的树木枝桠在天幕留下的清晰线条……但我不知道如何描述这些情景。因此，便为在《日瓦戈医生》中读到的段落而亲切：

> 冬日的傍晚是那样静谧，泛着浅灰和深玫瑰色。夕阳下的白桦树那黑黑的树枝显得异常清晰，异常精致，就像雕刻的文字。暗黑的小溪上结着一层烟色的薄冰，水在冰层下流过……就是这样一个灰晶色的柔软如绒的寒冷黄昏，过一两个钟头就要降临在尤梁津的带雕像的房子对面了。

2002年9月，有过一次盼望已久，却时间短暂的俄罗斯旅行。[①]一天上午，我们来到莫斯科郊外的别列捷尔金诺；这是莫斯科著名的作家村。走进帕斯捷尔纳克故居的栅栏，通向房

① 同行者都是从事中国现当代文学的教师、学者，有赵园，孙玉石夫妇，吴福辉夫妇，吴晓东夫妇，刘勇，栾梅健等。

子的甬道有高大的树木，叶子已经厚厚落满一地，金黄的，盖满所有的泥土，还没有被反复踩踏。庭院的深处则是密密的暗绿的云杉。这些阔叶树我不大知道它们的名字，桦树是知道的，可能还有槭树和橡树？这个景象，好像也写在他的小说中：“秋天早已在针叶林和阔叶林之间划出了一条鲜明的界限。针叶林像一道晦暗得发黑的墙竖在树林深处，而阔叶林却像火红的葡萄酒似的在树林中央闪烁着点点红光……”

同行的一位朋友感慨道：也只有这样的环境，才可能有这样的作家！对这个感慨我在心里加以延伸：也才可能有这样的诗句：

> 我们要消融在九月的秋声里！
> 要在秋天的飒飒声里沉醉！
> 或者沉默不语，或者如呆如痴！

故居二层有着一排敞亮窗户的书房兼客厅墙上，挂着1958年获得诺贝尔文学奖时，几个朋友在这个客厅里举杯庆贺的大幅照片；这应该是他刚接到获奖消息，而苏联当局还没有做出严厉反应的那个间隙。隔壁房间有一架显得老旧的钢琴，说是钢琴家里赫特常在这里弹奏。导游（毕业于莫斯科大学，当时是莫斯科法律大学在读博士的年轻女性）带我们到不远处的墓园，寻找帕斯捷尔纳克安眠之地，却怎么也没有找到。

过去，我读一些俄国作家的作品，常感觉他们对大自然有一种我不熟悉的态度；这种态度在中国现代作家的书里，较难见到。《日瓦戈医生》写到日瓦戈去世，写到拉拉对他的哀悼，那个情景开始我也不大能了解。她在心里说，她和日瓦戈的相爱，“是因为周围的一切，那脚下的大地，头上的青天、天空的白云和地下的树木，都希望他们相爱；他们周围的一切，不论是陌生的路人，还是漫步时展现在眼前的远方田野以及他们居住和会面的房间，都为他们相爱而欣喜，甚至还超过他们自己。”

20世纪60年代，读屠格涅夫的《猎人笔记》[①]，读其中的《叶尔莫莱和磨坊主妇》《白净草原》《孤狼》《死》《树林和草原》……也常试图了解其中写到的人与自然的那种关系。印象很深的是《死》这一篇。作者讲述他在俄国乡村见到的几次死亡，不断重复着“俄罗斯人死得真奇怪”的感叹。面临死亡，这些和俄罗斯大地不再能够分割的劳动者的表现，既不能说是漠然，也不能说是迟钝。他们不叹息，也不悲恸，有条不紊，“冷静而简单”。托尔斯泰在《三死》中，写到三

① 丰子恺先生50年代的译文，人民文学出版社1955年版。

种“生物”的死亡[①]。相比起贵妇人可怜可厌的死，农人就平静安详，而最美丽、诚实的，是那棵树的死。托尔斯泰也许透露了某种潜在的恐惧，但他和屠格涅夫的描述、理解是相近的：美丽的死是不撒谎，不做作，也不惧怕。

俄罗斯的平原、高山、森林、河流广袤而且神秘。让我很感遗憾的是，我只在文学作品、图画、电影里见过伏尔加河、高加索、乌拉尔山脉、西伯利亚森林、贝加尔湖……俄罗斯作家和他们创造的人物的生活和性格，与大自然一样也有许多神秘的东西。这种神秘，是大自然赋予的。大自然对他们来说，不是外在的被征服、待欣赏的对象，他们就“属于这个美景”，是其中的一个部分。他们的生命融合在里面，由此形成有关生活、爱情、死亡、苦难、幸福的观念。日瓦戈去世的时候，没有什么仪式，身旁只有鲜花代为祭奠。

---

① 《三死》写于1858—1859年。托尔斯泰在一封信中这样说：“我的计划是写贵妇、农民、树木这三个生物的死亡。那个贵妇是可怜和可厌的，因为她说了一辈子的谎，面对着死神的时候还在说谎。正如她所知道的，基督教替她解决不了生和死的问题……那个农民死得非常安详，正因为他不是基督教徒。他的宗教是另外一种宗教，虽然由于习惯的关系，他也奉行基督教的仪式；他的宗教，是他和它共同生活在一起的大自然。他自己砍伐过树木，播种过裸麦，他宰杀了山羊，他家里又生下了山羊，他家里有小孩子们诞生，也有老人们死亡，他非常明白这一种法则，他也像那位贵妇一样永远离不开这法则，于是他坦率地、随便地泰然面对着它……那一棵树木却死得安详，神圣而美丽。它美丽的原因，是因为它不说谎，不矫饰，没有恐惧，也没有怜悯。”

植物王国很容易被看作是死亡王国的近邻。在大地上的绿色植物中，在坟地上的树木间，在一排排花苗中就隐藏着生命转化的奥秘。这正是我们一直要解开的谜。玛利亚一开始没有认出从棺材中走出的耶稣，把他当作了园丁（她以为他是园丁……）。

对他们来说，生活不应全部由“变成政治的一些虚假的社会生活原则”来解释，生活有很多的面向，有许多我们所不了解的谜。

2010年1月—3月

（选自《我的阅读史》　北京大学出版社2011年版）

读《鼠疫》："幸存者"的证言①

《鼠疫》与"文革"叙述

记不清是1981或1982年，我第一次读到加缪的《局外人》和《鼠疫》。比较起来，我对《鼠疫》印象更为深刻。《鼠疫》的译者是顾方济、徐志仁先生，上海译文社1980年的单行本。因为有时还会想起它，在过了将近20年之后，我曾写过一篇短文，谨慎地谈到记忆中的当时的感动："在那个天气阴晦的休息日，我为它流下了眼泪，并在十多年中，不止一次想到过它。"在这篇文章里我说到，读《鼠疫》这些作品的动机，最初主要是要了解在当时思想文化界热度很高的"存在主义"。那个时候，萨特是众多知识精英、知识青

① 原题为《"幸存者"的证言——"我的阅读史"之〈鼠疫〉》。

年的偶像；“存在先于本质”，“自由选择”等是时尚的短语。加缪的名气虽然没有他那么显赫，但也具有很高的知名度，且也被归入“存在主义”的代表性作家的行列。当时，我对“存在主义”所知不多（其实现在也还是这样）。20世纪80年代是新知识、新学说、新方法纷至沓来，令人眼花缭乱的年代。从相当封闭的文化环境中走出来，求新慕奇相信是很多人都有的强烈意念。“文革”后我开始在大学里讲授“中国当代文学”的课程，那时的“当代文学”地位颇高，负载着传递、表达思想、哲学、感性更新的“时代使命”。求知欲望与唯恐落伍的心理，长时间支配、折磨着我，迫使我不敢懈怠，特别是像我这样资质平庸的人。这种紧张感，直到退休之后，才有所松懈、减弱，也多少放下了那种“创新”的面具意识。

存在主义和萨特进入当代中国（指的是中国大陆），自然并不始自“新时期”。“文革”前的五六十年代，萨特的一些作品，以及国外研究存在主义的一些著作，就有翻译、出版；但它们大多不是面向普通读者，主要是供研究、参考或批判的资料的“内部”出版物。

萨特和波伏娃1955年还到过中国。他们的到访，在很大程度上是以亲近“社会主义阵营”的和平民主人士、进步作家的身份。50年代，中国当代文学界对法国作家马尔罗、阿拉贡、艾吕雅，对智利诗人聂鲁达的肯定性评价，大致也主要基于这一角度。1955年我正读高中，几乎都没有读过萨特他们的作品，好像只在《人民文学》上读过翻译的艾吕雅一些诗，也读过袁水拍翻译的聂鲁达的诗；最著名的当然是《伐木者，醒来吧！》。萨特和存在主义虽然五六十年代已经进入中国，但当时的影响即使有的话，肯定也相当微弱；好像并不存在相关思潮渗透、扩散的社会条件和文化氛围。萨特在中国成为偶像式人物，要到“文革”之后。一般的解释是，经过“文革”，人们多少看到世界的“荒诞”的一面，但也竭力试图建立整体性的新秩序和思想逻辑：这样，萨特的存在主义凝聚了那些急迫要“走向未来”的人们的“问题意识”，提供了他们张扬个体的主体精神的情感的、理论的想象空间。另一个并非不重要的原因是萨特在1980年的去世。受到关注的公众人物的去世，自然是一个社会性事件，正像加缪1960年因车祸去世在欧洲产生的反响那样，会更强烈地增加其关注度。中国一些感觉敏锐的外国文学研究者和翻译家，适时地对其著作、学说做了有成效的译介、推广工作，[①]萨特和存在主义热潮的发生便也顺理成章。

我虽然是抱着了解当时被“分配”到“现代派”里面的“存在主义”的初衷，而拿起《鼠疫》的，但作品本身很快吸引了我，在阅读过程中也就逐渐忘记了什么“主义”。在那个时候，我对加缪的身世知道得很少。《鼠疫》故事发生的地点是阿尔及利亚北部海边城市的奥兰，但当时没有系统读过加缪的传记（况且较完整的加缪传记的中译本当时还没有在大陆出版[②]），因此我不知道加缪就在那里出生，不知道他的童年在那里的贫民窟，在“阳光和贫穷”中度过。不知道“二战”法国被占领期间加缪参加抵

---

① 当时发表了一批论文，如《现当代资产阶级文学的评价问题》（柳鸣九，《外国文学研究》1979年第1—2期）、《萨特——进步人类的朋友》（张英伦，《人民日报》1980年5月5日）、《萨特和存在主义》（冯汉津，《当代外国文学》1980年第1期）、《萨特的存在主义释义》（施康强，《世界文学》1980年第4期）、《读萨特的〈厌恶〉一书》（杜小真，《北京大学学报》1980年第4期）、《给萨特以历史地位》（柳鸣九，《读书》1980年第7期）等。尤其是柳鸣九主编的《萨特研究》（中国社会科学出版社1981年年版）发生较大的影响。该书收入萨特的部分作品的中译，编制了萨特生平、创作年表，收录国外评论萨特，以及波伏娃、加缪的相关资料。

② 20世纪90年代末，我才陆续读到《加缪传》（［美］埃尔贝·R. 洛特曼，漓江出版社1999年版）和《阳光与阴影》（［法］罗歇·格勒尼埃，北京大学出版社1997年版）等传记作品。

抗运动的具体事迹。不知道他曾经否认自己属于“存在主义”[①]。不知道他和萨特之间的争论。不知道他接受了诺贝尔文学奖，而萨特却拒绝接受。甚至不知道他1960年1月3日死于车祸，年仅47岁。不知道和他翻脸的萨特在他死的时候写了动人的悼念文章。加缪是属于这样一类作家，他的个人生活、行为和作品之间的关系密不可分，具有无法剥离的“互文性”。面对这样的作家，读者在种种背景资料上的无知，在作品感受、理解的“方向”和“深度”上，肯定会有不言而喻的损失。

但不管怎样说，阅读者的接受“屏幕”也不可能完全空白。相信当时的另一些读者也和我一样，会带着某些相同的东西（生活、文学的问题，情感、思想预期）进入他的作品。“自他去世以来”，人们总以“各自的方式，针对当时所遇到的问题阅读过他的作品”[②]。80年代我们的方式和问题，也就是当时社会生活和文学写作的主题，即如何看待当代历

① 加缪1945年11月15日接受《文学新闻报》采访时说，“不，我不是存在主义者……我和萨特看到我们俩的姓名并列在一起，总感到惊讶不已，我们甚至考虑哪天在报上刊登一则启事声明我们俩毫无共同之处，并且拒绝担保各自可能欠下的债务。”虽然加缪对这样的分类“既不希望，也不欣赏”，但这种分类“却陪伴他终生”。洛特曼《加缪传》第414页，肖云上、陈良明、钱培鑫等译，漓江出版社1999年版。

② 罗歇·格勒尼埃《阳光与阴影——阿尔贝·加缪传》作者序。

史和刚过去的“文革”，以及如何设计、规划未来的生活。因而，《鼠疫》的阅读，在我这里，便自然而然地和当时涌现的大量“伤痕”“反思”的作品构成对话的关系。这种关系是相互的，中国的“文革”记忆书写有助于发现《鼠疫》的特征；同时，《鼠疫》又影响了我对那些“文革”叙述的认识和评价。

加缪将英国18世纪作家笛福的话置于这部作品开首：“用另一种囚禁生活来描绘某一种囚禁生活，用虚构的故事来陈述真事，两者都可取。”《鼠疫》是写实方法的寓言故事，它“反映艰苦岁月，但又不直接隐喻战败、德国占领和残暴罪行”[①]。虽然故事具有某种超越性，但读者也知道，它首先是“隐喻”那场大战，特别是战争中的占领和流亡。但问题在于，“文革”与“二战”之间是否可以建立起一种模拟性的联系？这是个至今仍存在歧见的问题。暂时抛开在这个问题上的争论不说，有一点应该是真实的，即“文革”刚结束的时候，这种联系具有一定的普遍性。我记得很清楚，1978年12月，北岛、芒克他们的《今天》的创刊号上，

① 埃尔贝·R. 洛特曼《加缪传》第468页。

就刊载有德国作家伯尔的文章《谈废墟文学》[①]；刊物编者显然是在暗示可以用描述“二战”之后的“废墟”“废墟文学”，来比拟“文革”的历史和对这段历史的叙述。在以历史“灾变”的重大事件作为表现对象上，在近距离回顾、反思历史上，在叙述者赋予自身的“代言”意识上，在同样持有强烈的道德责任和承担姿态上，都可以发现《鼠疫》和当时的“文革”叙述之间相近的特征。我这里说的“近距离”，既是时间上的（《鼠疫》的写作开始于1942年，写成和发表于1947年，那时战争刚刚结束；读者看到的，是他们“刚刚度过的日日夜夜”），更重要的还是心理记忆上的。

① 《今天》发表这篇文章时，作者署为亨利希·标尔，程建立译。当然，正像崔卫平所说，伯尔在20世纪八九十年代中国文学界、读书界，并没有引起注意。他“实际上没有恰如其分地进入中国作家的视野。当他1972年获得诺贝尔文学奖时，中国仍然处于“文革”的笼罩之下，关于这位作家的情况了解无多。而当70年代末期我们这个民族重新返回世界，人们重新大量阅读西方19世纪和20世纪的文学作品、甚至为了一本新出版的书奔走相告时，却没有将眼光更多地停留在这位战后重要的德国作家身上。尽管80年代初最新出版的那批书中，就有伯尔的好几本：《伯尔中短篇小说集》（外国文学出版社1980）、《莱尼和他们》（上海译文出版社1981年）、《小丑之见》（1983），但是比如我周围的朋友中，不管是平时的言谈还是他们的写作中，很少有提及这位当代德国作家的，几乎没有哪一位中文作家表明他受过这位德国作家的影响”崔卫平《我们在哪里错过了海因利希·伯尔？》（上海，《同济大学学报》2006年第2期）。

历史创伤的“证言”

20世纪80年代的中国文学界，对萨特、加缪这样的作家无疑有一种亲近感，重要原因之一是他们的“介入文学”的主张和实践。“文革”后，主流文学界着力提倡、恢复的，是在“十七年”和“文革”中受到压抑的文学的启蒙、干预功能。那时，“纯文学”“回到文学自身”的意识也已经在涌动[①]，但支配大多数作家的还是那种社会承担的意识。在这一点上，加缪这样的作家更有可能受到倾慕。他是一位置身于社会斗争、人间疾苦的作家，他的写作与关系人类命运的事件不可分离。在悼念文章中，萨特正确地指出，“他怀着顽强、严格、纯洁、肃穆、热情的人道精神，向当今时代的种种粗俗丑陋发起胜负未卜的宣战”。

伯林曾在一篇文章中，谈到19世纪俄国、西欧作家对待文学、艺术的不同态度，他以简驭繁（因此也不免简单）地称之为“法国态度”和“俄国态度”。他说，法国作家是个“承办

① 不少研究者已经指出，即使当年的“纯文学”主张和实践，也具有明显的“介入”“干预”的内涵，即企图剥离、反抗文学对当代政治的依附的状况。

者”，他的义务是写出他所能写出的最佳作品。这是他的自身义务，也是公众对他的预期。在这种情形下，作家的行为，私生活与他的作品无关，也不是公众的兴趣所在。而“俄国态度”则不然，他们信仰“整体人格”，行为、言语、创作密不可分；他们的作品必须表现真理，“每一位俄国作家都由某种原因而意识到自己是站在公众舞台上发表证言”。伯林说，即使“唯美”的屠格涅夫也全心相信社会和道德问题乃人生和艺术的“中心要事”[①]。加缪和萨特是法国作家，但他们好像并不属于这种“法国态度”，甚至对法国文学传统的看法，与伯林也不甚相同。萨特在悼念加缪文章中，认为法国文学中具有的“最大特色”是“警世文学”。这主要不是对现象的描述，而是一种评价；这基于他那种更靠近“俄国态度”的文学观念。不过，他说加缪“顶住历史潮流，独自继承着源远流长的警世文学”，也可以见到这种文学态度在法国并非经常处在主流的位置。我对法国文学的了解肤浅，无法做出判断。但是，中国20世纪的新文学作家，在文学态度上与加缪，与19世纪俄国作家的相近和相通，应该是没有疑问的。那些没有充分展示其生活和创作的“警世”姿态的作家，在大部分时间里，其道

① 以赛亚·伯林《辉煌的十年》，《俄国思想家》第157—159页，译林出版社2001年版。

德状况在公众心目中总是存在疑点，他们自身也常存有隐秘的自卑感[①]：直到现在，情形大概也没有很大的改变。

在重大的、牵涉到许多人的历史事件之后，文学的承担精神和“介入”意识，首先表现为亲历者以各种文学手段，记录、传递那些发生的事实，为历史提供“证言”。这被看成“历史”托付的庄严使命，在由一种文化传统所支配的想象中，他们的良知被唤起，受到召唤和嘱托。亲历者的讲述，他们对亲历的体验、记忆的提取，在历史叙述中肯定是十分重要的，这是呈现“历史面貌”的重要手段。加缪的《鼠疫》，不论是内在的逻辑，还是叙述的形态，都特别突出“见证”这一特征。加缪在《鼠疫》中，就多次交代这部中篇的类似新闻“报导”，和历史学家“见证”叙述的性质。虽然是虚构性的寓言故事，却采用“编年史”的，逐月逐日冷静记下“真人真事”的方式。“见证”所标识的历史的“真实性”，是叙述者的叙述目标。因而，当书中说“这件事发生了”的时候，叙述者期待的是“会有千千万万的见证人从内心深处证实他所说的话是真的”。我想，中国80年代那些“文革”的书写者，也会有相同的期待。因此，后来编写当代文学史，我便使用

① 因此，卞之琳80年代初出版的诗集：谦虚，也多少有点自卑地命名为《雕虫纪历》。

了“历史创伤的证言”这样的标题[①]。这个标题试图说明这类写作的目的和性质，也提示写作者的身份特征和叙述姿态。

虽然有这些共同点，但我也发现它们之间的许多不同。最大的不同表现在作家（叙述者）的自我意识，和叙述的关注点等方面。由于加缪认为世界是非理性的，也怀疑那种历史“客观规律”的存在，以及人对那些“规律”的掌握。因此，他的关注点是人的生活，特别是在遭到囚禁、隔离的状态下，流亡、分离的不幸和痛苦；他将人的幸福置于抽象观念、规律之前，而不是之后（虽然他也承认，当抽象观念涉及人的生死时，也必须认真对待）。也许那些艺术并不高明的，诸如《伤痕》那样的作品，也表现了将人的幸福置于抽象观念、教条之前的倾向，但是接踵而至的许多“反思”小说，就逐渐把关注点挪到对“规律”的抽取中，因而，事实上它们难以避免滑落进图解当代那些既定观念的陷阱[②]。另外一个明显的不同，是《鼠疫》叙述者清醒的限度意识。虽然叙述者认为是在以众人的名义在说话，但也不打算让这种“代表性”的能力、权威

① 《中国当代文学概说》，香港青文书屋1997；《当代文学概说》，广西教育出版社2000年；《中国当代文学史》修订版，北京大学出版社2007年。

② 描述抽象观念、教条对人的生活控制的“正当性”，和人自愿服膺、信仰这些观念、教条，在一些“复出”作家的“反思”小说中有所表现，尤以从维熙80年代初一系列作品最为典型。

无限度膨胀。从《鼠疫》的叙述方式上也可以看出这一点。

由于那时对西方现代小说技巧所知不多，我最初读《鼠疫》时，对它的人称和叙述方式颇感新奇；大概不少人都和我一样，所以高行健的《现代小说技巧初探》这个小册子，才会在文学界引起那样的强烈反响。开始以为是一般的第三人称叙述，感觉有点像海明威的那种简约手法。待到小说就要结束，才知道叙述者就是作品的主要人物里厄医生（“这篇叙事到此行将结束。现在正是里厄医生承认自己是这本书的作者的时候了……”）。这个本来应该显露的叙述者，却一直隐没在叙述过程中；也许可以把它称为“第三人称化的第一人称”叙述。这种设计，相信不是出于一般技巧上的考虑，而有着某种“意识形态”含义。这种个人叙述的客观化，按照加缪传记作者的说法，是因为他认为“他本人的反应和痛苦同样是自己同胞的反应和痛苦”，“他感到他是以众人的名义在说话”①。不过，从另一角度来看，这也是在为这种“以众人的名义”的意识做出限制，不让它膨胀成虚妄的夸张。其实，在作品中，对于这一“见证”叙述的限度，已一再做出说明。书中强调，叙述者“只是由于一种巧遇才使他有机会收集到一定数量的证词”，因而叙述始终保持着“恰如其分的谨慎”。谨慎是

① 罗歇·格勒尼埃《阳光与阴影》第123页。

指“避免叙述那些他自己没有看见”的事情，也指避免把一些无中生有的想法、推测强加给所叙述的物件。这是既以客观的姿态显示了他的“知道”，同时也以对“无知”的警觉显示“我不知道”。我推测《鼠疫》的作者有可能是在抑制第一人称叙述在抒情，在揭示心理活动、推测事情因由的各种方便，但同时，似乎也在削弱第三人称叙述有可能开发的那种“全知”视角：后者在加缪看来，可能近乎虚妄。

萨特在评论《局外人》的艺术方法的时候，曾有“玻璃隔板”的说法。他说，“加缪的手法就在于此：在他所谈及的人物和读者之间，他插入一层玻璃隔板。有什么东西比玻璃隔板后面的人更荒诞呢？似乎，这层玻璃隔板任凭所有东西通过，它只挡住了一样东西——人的手势的意义。”“玻璃隔板”其实不是萨特的发明，倒是来自加缪自身。在著名的《西绪福斯神话》和《记事》中，他就不止一次谈到过它。当然，他是以此用来说明人与世界之间的荒谬关系，并不专指艺术手法的问题。不过在加缪那里，所谓“手法”与“内容”难以分开。这种“玻璃隔板”的方法，套用在《鼠疫》中自然并不完全合适，但它还是得到一定程度的应用。加缪在为《鼠疫》写作所做的笔记中写道，“人并非无辜也并非无罪，如何从中摆脱出来？里厄（我）想说的，就是要治疗一切能够治疗的东西——同时等待着得知或是观察。这是一种等待的姿态，里厄说，‘我不知道’”。“我不知道”并等待着观察、得知，正是《鼠疫》在叙述者与人物，甚至叙述者与他的情感、心理活动之间插上的“玻璃隔板”。它降低着叙述者（一定程度也可以看作是作者）认知的和道德的高度；不过，这种降低其实也不意味着思想上的和美学上的损失。

“幸存者”的身份意识

虽然《鼠疫》的写作具有明确的“见证”意识，但和20世纪80年代不少书写“文革”记忆的作品不同，它对那种“幸存者”的身份、姿态总是持警惕的立场。“新时期”的“文革”叙述中，“幸存者”这个概念并不是一个流行的概念，对它也没有强调的论述；只有先锋诗歌界在80年代后期有过“幸存者”诗歌的提出。但是，这种身份意识存在于亲历者的“文革”叙述中。这种“存在”主要表现为两种情形：一种是“文革”后主要以小说、回忆录方式的“文革”叙述；另一种则是在对“文革”期间的“地下诗歌”的发掘和阐释之中。这两种情形都相当普遍。而且，同样普遍的是对这种意识少有警惕和反省。“幸存的意识是如此普遍，幸存的欲望是如此强烈，幸存的美学是如此体面”[1]——这个描述大概不是过于夸大其词。印象中，鲜明地质疑这种写作身份和美学观念的文章，似乎只有臧棣的那篇《霍拉旭的神话：幸存的诗歌》。虽然文章的论述主要是在当代诗歌美学的层面，不过，“他们对幸存者的形象并不感到难为情，甚至自诩被人称为幸存者”的说法，可能会让有些人有点感到不快，因而在先锋诗歌界内部曾引发反响微弱的争论。

全面地说，如果不应该完全否定“幸存者”身份意识在写作上的积极意义，那么也不应该对它有可能产生的损害毫无警觉。这种意识、观念在写作上，既表现在为“良知”所支持的提供“见证”的责任感，表现为对美学标准的历史维度的重视，也表现为收集并强化“不幸”的那种“自怜”与“自恋”，表现为将“苦难”给予英雄式的转化。同时也表现为提升“幸存”经验表达的价值等级，认为在道义上和艺术上，都理所当然的具有优先性，以至认为“幸存”的感受就具有天然的审美性。

在《鼠疫》中，“幸存者”的那种“见证”意识当然也随处可以见到，不过也可以见到时时的警醒和辩驳。这里，加缪

① 臧棣《霍拉旭的神话：幸存的诗歌》，载《今天》1991年10月出版的第3、4期合刊。

需要同时思考、处理这样的相关问题。一个是如何看待现代悲剧事件、难以置信的特殊历史时间与“生活”之间的关系，在我们生活的年代，如何重新“定义”英雄和英雄行为。另一个问题是艺术和道德的关系。80年代后期在“当代文学”课上，我说到一些“伤痕”“反思”作品，里面有曲折人生，悲欢离合，有不幸和痛苦，但是作品的核心却是“胜利”之后的终结和安定；这是为显示不安状况的句子后面所画上的句号①。《鼠疫》的看法和这些作品并不相同，它审慎地处理有关“胜利”的问题。在奥兰的瘟疫结束，城门重新打开，离散、分隔的人们重又欢聚的“解放的夜晚”，人们在礼花中庆祝胜利。但那个患哮喘病的老人说的是，“别人说：‘这是鼠疫啊！我们是经历了鼠疫的人哪！’他们差点就会要求授予勋章了。可是鼠疫是怎么一回事呢？也不过就是生活罢了。”因此叙述者的里厄医生明白他的这篇“纪实”，写的“不可能是决定性的胜利”；“威胁着欢乐的东西始终存在”。对于这样一个关注人的生存状况的作家来说，生活既然并未结束，那么悲剧和荒谬也仍然伴随。也就是说，他的写作不是要加入胜利的欢呼声，而是让读者看到这样的话：“鼠疫杆菌永远不死不

① 这些想法，后来写到《作家姿态与自我意识》的第四章《超越渴望》中。陕西人民出版社1990年版。

灭，它能沉睡在家具和衣服中历时几十年，……耐心地潜伏守候……”因而，在这部小说中，“胜利”不是一个与“终结”有关的历史概念，“幸存者”也不会因为经历了苦难而自动被赋予英雄和权威的姿态。特别是这个英雄的“幸存者”为抽象观念和教条所缠身并赋予高度的话。《鼠疫》中写到，假如一定要在这篇故事中树立一个英雄形象的话，他推荐的是那个有“一点好心”和“有点可笑的理想”的公务员格朗，这个义务参加防疫组织，一辈子真诚地为一篇浪漫故事的遣词造句呕心沥血，但写作始终处在开头位置的“无足轻重和甘居人后的人物”。这种推荐，“将使真理恢复其本来面目，使二加二等于四，把英雄主义置于追求幸福的高尚要求之后而绝不是之前的次要地位”。而且，如果谈到亲历事件的“幸存者”的历史角色，前面引述的加缪的话是，“人并非无辜也并非无罪，如何从中摆脱出来？里厄（我）想说的，就是要治疗一切能够治疗的东西——同时等待着得知或是观察。这是一种等待的姿态，里厄说，‘我不知道’”。

至于道德与艺术的关系，这确实是个经常让人困惑的问题。《鼠疫》不是单纯的自娱与娱人的文字，里面贯穿的是为爱而反抗荒谬、非正义，寻找出路的激情和勇气。不过正如罗歇·格勒尼埃说的，不应该忘记加缪“首先想要成为一个艺术家”。他在写作上的不懈怠，精益求精，都表明是在想进入他所说的由纪德作为守门人的那座文学的“花园”[①]。因此，苏珊·桑塔格认为，在表现“道德之美”上，20世纪的其他作家也许更有立场，更有道德色彩，但他们没有能显示出比加缪更多的美和更多的说服力。即使如此，道德美和艺术美还是不能不加区分地混为一谈；因而，“幸存感”也确实不能简单、直接地转化为“审美感”。[②]

危险的“感激之情”

上面说到的苏珊·桑塔格的《加缪的〈日记〉》这篇文章写于1963年，距加缪因车祸逝世（1960年）只有三年。在这篇文章里，桑塔格对加缪的思想艺术特征有发人深思的描述，也有一些质疑性的批评。但这是在“伟大的作家”的范畴内的指摘。她提出一个有趣的分类，说伟大的作家要么是丈夫，要么是情人；这两者在每个文学时代都不可或缺。“可靠、讲理、大方、正派”是丈夫的品格，而情人虽然“喜怒无常、自私、

① 《阳光与阴影——阿尔贝·加缪传》作者序、引言。

② 《加缪的〈日记〉》，苏珊·桑塔格《反对阐释》，上海译文出版社2003年11月版。

不可靠、残忍”，却能“换取刺激以及强烈情感的充盈”。桑塔格有点抱怨“现代文学”的“小说的家庭里”“充斥着发疯的情人、得意的强奸犯和被阉割的儿子——但罕有丈夫”。在作家与文学“传统”之间的关系上来看待这两类作家，那么，“情人”式的作家在题材、主题、风格、方法上，将会更执意地和他的前辈较劲，更“炫耀性格、顽念以及奇特之处”，而“丈夫”式作家体现的较为“传统”，循规蹈矩。那么，加缪属于哪一类型？桑塔格说他是一个“理想丈夫”；但是作为一个当代人，“他不得不贩卖疯子们的主题：自杀、冷漠、罪咎、绝对的恐怖”。然后，桑塔格指出：

> ……不过，他这样做时，却带着一种如此理智、适度、自如、和蔼而不失冷静的气质，以致使他与其他人迥然有别。他从流行的虚无主义的前提出发，然后——全靠了他镇静的声音和语词的力量——把他的读者带向那人文主义和人道主义的结论，而这些结论无论如何也不可能从其前提得出来。这种从虚无主义深渊向外的非逻辑的一跃，正是加缪的才华，读者为此对他感激不尽。这正是加缪何以唤起了读者一方的挚爱之情的原因。

读到这篇文章，距我初读《鼠疫》已过去了20余年。它让我多少明白了我当年的激动和那种挚爱之情产生的部分原因。从个性的方面来说，一般地说，我较能接受的艺术形态，更接近那种“正派丈夫”的样式。但太过“正派”“可靠”，不越雷池的循规蹈矩，有时也会令人生厌。加缪这种有着“情人”外表的“正派丈夫”作家，大概比较合乎我的胃口。他积极面对时代的思想、诗学问题，但也不反应过度。无论是在主题、世界观上，还是在艺术方法上，“适度”，对理解加缪的艺术来说，确实是一个“关键词”。但在80年代，“适度”美感也可以说是一种普遍的美感趣味。开放、变革、创新、崛起、超越、反叛……当然是那个文学“新时期”的主要取向，墨守成规会为多数作家、读者所不屑。但是反过来，过于激烈的那种“情人式”的言行，也难以被许多人接受，即使是具有先锋特征的思想、艺术群落。

“意识流”的叙述需要有理性内核的支撑。“现代派”总是不够“现代”而被戏称为“伪现代派”。暧昧不明的人物性格仍会恪守一定的道德界限。“肉”（欲望）的揭示不再不被允许，但迟早会纳入“灵”（政治、人生理念）的规范。悲观主义的“危险性”因为通过反抗而减弱，不致坠入“深渊”。“片面”需要有“深刻”作为其合理性的保证。有“无尽的动荡不安混沌不堪”，但之后又会“挣扎出来”并“升华到一片明亮质朴的庄严”。一代人的疲惫、焦虑的面容，因受到召唤而激奋而神采发亮。而在决绝、响亮的“我——不——相——信”之后，看到的是“新的转机和闪闪的星斗，正在缀满没有遮拦的天空”。……这种保持“适度”的思想、精神依据，恰如桑塔格所指出的，是人文主义、人道主义的那种“意识形态火焰”。它既是批判的武器，也是建构人的“主体性”和新生活、新文学的内涵。它成为联结“除旧”与“布新”之间的桥梁；人们因它的激情的庄严，姿态的高贵而热爱它，暂时忘却这种联结的“非逻辑”。这种“适度”的美学，或美感形态，是在一个感受到荒诞、非理性的世界中，试图解决人如何保持尊严，如何克服他的幸福受到的威胁，和如何重新赋予“正派”的、古典的丈夫的“现代品格”的问题。

一个曾经从他那里受到强烈感动和教益的作家，多年之后对他的重读，最担心的事情是这种热爱是否还能保持。虽说不可能出现当初的那种状态，但也许会在另一向度得到发展。而对于加缪这样特征的作家来说，问题又具有他的特殊的地方。从加缪来说，我们面临的考验来自两个方面。一个考验是加缪这种如桑塔格所说的有更多的美、更多的说服力的“图解式的文学”，这种“直接诉诸于一代人对人们在某个既定历史处境里应体现出怎样的楷模之举的想象”的文学，是否仍能具有非同寻常的吸引力。另一个考验是，在多少削弱、剥离了作家的“传记因素”，对作家行为的时代依据的真切体验有所减弱之后，文本自身是否仍具有同样的魅力。萨特说的“个人、行为、作品的令人钦佩的结合”，常被引用来说明这位作家的魅力和特征。但是，一些研究者和传记作者的担心也是在这方面。

为了证明加缪作品的巨大分量，罗歇·格勒尼埃撰写的传记，就集中对他每一部作品进行分析，因为他相信“抛弃他那个家庭的和社会的‘我’”，能“让更深刻的‘我’出来说话”①。在加缪去世的时候，法国一位诗人写的悼念诗《在卢马林永生》中有这样的句子：“同我们所爱的人，我们中止了对话，但这并非沉默”；“当意味深长的过去敞开为他让路之时……他就在那里正视我们”：这是坚信加缪这个人和他的写作能穿越时空而永恒。桑塔格对此却有一些保留。显然，她对加缪的小说和剧本“常常服务于他在随笔中更完整地加以表述的某些理智观念”颇有微词，认为这些作品都有一种“单薄的，有点枯瘦的”“图解性”的特征。桑塔格说，尽管卡夫卡的小说也极具图解性和象征性，“但同时也是想象力的自主行

① 《阳光与阴影——阿尔贝·加缪传》第285页。

为”。我想，桑塔格的评述是有道理的。导致这类作品在阅读中发生减损的因素，正来源于本来积聚的特定语境因素的一定程度的消散，表达、图解（即使是很有艺术质量的）的理念与“既定历史处境”发生的脱节，以及在后来的阅读中，作家个人、行动与文本之间肯定会发生不同程度的分离。因而，如果对一个作家及其作品的高度评价，过分依赖，或离不开道德和作家个人行为的鼎力相助，并将道德、个人行为和作品评价完全不加区分地混合在一起，那是存在一定危险的。桑塔格对此说道：“艺术中的道德美——如人的身体美——是极其容易消失的”，“道德美易于迅速衰败，转眼就化作了警句格言或不合时宜之物”；这种衰败，有的在作家健在时就赶上了他[①]。“幸存者”的叙述，和对这些作品的阐释有时看起来可能很有力量，然而，最终只有作品留存下来，其他的东西，“都不可能由对作品的体验完整地复原出来”。

这些话，虽说有点“残酷”，但事实就是如此。

2008年1月—3月

（选自《我的阅读史》 北京大学出版社2011年版）

① “还在加缪的有生之年，这种衰败就赶上了他”。《加缪的〈日记〉》，苏珊·桑塔格《反对阐释》，上海译文出版社2003年11月出版。

新诗的阅读[①]

孙玉石的《新诗十讲》

讲座分两个部分，一是谈孙玉石老师的《新诗十讲》（中信出版社）和孙老师这方面的研究，二是和诸位交流有关新诗阅读方面的问题。

孙玉石老师的书，获得去年（2015年）的“中国好书奖”。本来应该是他来跟大家讲的，可是他最近身体不是很好，文学馆就让我来。他的这本书的封面，有这样的评语：“北大十堂中国新诗课”。其实应该是他这二三十年在北大开设的新诗阅读课的精华汇编。书里面讲到的作品，来自闻一多、徐志摩、李金发、戴望舒、卞之琳、何其芳、废名、冯至、辛笛和穆旦。可以看到他的选择，时间上是新诗的前半

① 2016年6月12日上午在中国现代文学馆的讲座，有修改增补。

期，也就是1949年以前的部分；另外是偏重于有“现代派”倾向的作品。书前面的《代序》，集中讨论新诗的阅读问题。这本书可以看作是孙玉石在新诗阅读方面的理论和实践的总结，值得喜欢新诗的读者仔细揣摩。

我和孙玉石在北大是同事，他是现代文学教研室，我是当代文学教研室。我们认识是读大学的时候。他1955年入学，比我高一年级。孙玉石对新诗的热爱，开始于大学时期。读二年级的时候，就模仿林庚先生（当年是北大中文系教授），创作格律体的现代四行绝句10首，题名《露珠集》，刊登在北大学生文艺刊物《红楼》上。

从事诗歌批评、研究的学者，最好是自己也有诗歌写作的经验，这为文学史、文学批评史所证实。国外许多出色诗歌批评家都是诗人，国内也是这样，如闻一多、朱自清、何其芳、卞之琳、林庚、废名、吴兴华，当代的骆一禾、欧阳江河、柏桦、西川、钟鸣、沈奇、耿占春、王家新、陈超、黄灿然……如果这也可以看作一个“门槛”，那么，北大老师做诗歌批评、研究的，谢冕、孙玉石、吴晓东、胡续冬、臧棣、姜涛是合格的，他们或者是诗人，或者写过不错的诗。我是不够格的。我读中学、大学曾经写过不少诗，也投过稿，都被退回。后来发现真的写不出不被调侃的作品，知难而退，就放弃了。

这也是我新诗研究没有多少成绩的原因。

新诗研究，孙玉石也是从读大学就开始。1959年年初，在当时《诗刊》副主编徐迟先生组织下，还是学生的谢冕、孙绍振、刘登翰、孙玉石、殷晋培和我六人，合作编写了《新诗发展概要》，一共六章，前三章发表在1959年的《诗刊》上。这个类乎新诗简史的成果，是当年“大跃进”浮夸的产物，今天看来没有什么学术价值。但是这件事也影响我们后来的生活，这一生，我们和新诗研究都有程度不同的关联。孙玉石不用说，谢冕、孙绍振在朦胧诗运动中的作用大家都知道，我和刘登翰80年代也编写了《中国当代新诗史》。影响的另一点，是在新诗研究方向的选择和观念的确立上。50年代在当时政治形势和文学观念左右下，我们对新诗历史中非左翼的，或带有现代主义倾向的诗人、作品，采取了粗暴的批判、贬斥的做法。这是50到70年代文学界的普遍态度。事实上，他们的创作是中国新诗的重要组成部分，特别是新诗如何触及现代人的情感、经验，表现了最具创新活力的探索。因此，“文革”之后，孙玉石和我们的研究，很自然就会侧重于对过去遭到否定、忽略的这一诗歌脉络的重视。

孙玉石80年代的研究成果，主要体现在他的两部著作上，一部是《中国初期象征派诗歌研究》，另一部是鲁迅《野草》

的研究：它们当时都很有影响，从学科的角度，具有开拓性的、填补研究空白的意义。他的《新诗十讲》，我们可以看出里面有两个关注点：一个是关注前面说的带有广义意义的现代主义特征的诗人、作品，做系统的文本解读；另一个是将诗歌阅读作为一个问题提出。诗歌阅读上的“导读”“细读”“解读”这些概念的出现，一定程度上和现代主义诗歌的兴起相联系。相对来说，有现代派倾向的诗比较晦涩、难懂，诗和读者之间存在紧张的关系，因此，诗的阅读问题就难以回避。

由于时间限制，不可能仔细讨论孙玉石这方面的成就。我只是就他的诗歌阅读的研究，简单归纳为三点：第一，他的“现代解诗学”的主张，既包含解读的理论设计，也有一定范围的诗歌解读实践。从80年代开始的二十多年中，他在北大中文系课堂上，持续开设导读课程，和学生一起讨论的作品，涵盖了新诗史上三四十位诗人的几百首作品。解读的过程中，便引出了诸多的阅读问题，如阅读与感悟、与智性的关系，文本的制约框架和读者的想象力发挥，诗的多义和歧义等。因此，他的书（包括《新诗十讲》），既可以当作具体的诗歌解析的本子，但又不是碎片式的，有一定的理论的，和作品组织上的体系性。第二，他的解诗学，与三四十年代卞之琳、李健吾、朱自清等的诗歌批评理论、实践有直接关系，同时也受到英美新批评、接受美学的影响。但他有所扬弃。他并不恪守新批评的那种“文本中心”的观念，在细致解析的时候，并不隔离诗与时代生活、与作者的生平经历、与诗自身艺术历史沿革之间的关联。从他的解读中可以看到，在分析字词句式和文本结构的基础上，他广泛引入写作背景、作者生活和创作意图等材料。这是新批评的文本细读与传统的知人论世的解析方法的结合。第三，《新诗十讲》封面有“富有生命感的精湛解读”的推荐语。这个评价很恰切。“富有生命感”，一方面是阅读重视诗里面表达的生命感受，另一方面是阅读者在解读时的生命感受的投入。这和那些偏于技术性、知识性的解读不大一样。

本来也应该像孙玉石老师那样，挑选两三首诗和大家一起讨论。但是人这么多，讨论不可能，只好在推荐《新诗十讲》的基础上，一般性地谈几点有关新诗阅读的想法。

诗可以解说、阐释吗？

这个好像不是问题，其实是存在争议的。确实是有诗人和批评家这样主张，说真正的诗，严格说来是无法意译、释义的，唯有它自己才能解释；因为诗的世界，“究其本质而言，是封闭的、自足的世界”，“是一个经语言修饰的偶然的和纯粹的实体”——这是法国诗人瓦雷里的话。卞之琳先生也说过，“我以为纯粹的诗只能‘意会’，可以‘言传’的则近于散文了”（《关于〈鱼目集〉》）。美国作家苏珊·桑塔格也有“反对阐释”的说法。不过，他们的这种主张都有特定含义，是在某种背景下做出的。也就是针对对诗的“过度”阐释，或者将解释纯粹看作是对“主题”、观念的挖掘、提取。确实，用散文的方式进行解读，无法避免对诗的某种程度的损害。有不少诗，是用语言来“说”其实难以“说”的“话”，暗示一种难以用语言“说明”的东西。这是诗存在的一个矛盾。临到读诗、分析诗的时候，这个矛盾又以逆向的方式出现。但这不能得出诗不能解读，分析毫无意义，必须扔进垃圾桶去的结论。在诗的解读上，朱自清、刘西渭、废名、李广田、唐湜他们，在三四十年代做了许多工作，对推动中国现代诗批评态度和分析方法的建立，做出了他们的贡献。80年代以来，许多诗人、批评家、新诗研究者，也做出让人印象深刻的努力。

分析尽管必不可免地会有所损害，却也会有意想不到的收益。“意会”自然重要，“言传”也是不可缺少的吧。从广义上说，意会领受，也包含建立在情感体验上的分析的成分。而且，当读诗人不愿意只停留在读诗的时候所把握到的情绪、氛围，而愿意进一步分辨这种情绪、氛围的性质，它的细微层面，以及支持它们的艺术手段的时候，便进入了解读、分析的过程。当然，这种分析，不是如拆装机器零件那样的机械性操作，也不是为了急切寻找、抓住诗中观念性的“命题”（梁宗岱称它为“作品的渣滓”）。从整体，以心灵，以感觉和想象去把握、感受，是分析的基础，也贯穿分析的整个过程。

为了对抗那种很普遍的，将读诗单纯看作找出“主题”的方法，可以把诗的阅读、分析，理解为一种活动，一种存在着“过程”的“对话”。对于诗的阅读来说最重要的也许不是寻找、抽取其中的信息、概念，而是对阅读过程的感受的描述。正如有的学者所说，语言、话语输送的情报、信息，是它的意义的一个组成部分，却不能画等号。同时，也要明白优秀的诗，即使经过你的有效解读，仍然存在未能被说明的，但并非不重要的部分。正如桑塔格所说，“在最伟大的艺术中，人们总是意识到一些不可言说之物（‘规范性’的规则），意识到表达与不可表达之物的在场之间的冲突。风格的技艺也是回避的技巧。艺术作品中最有力的因素，常常是其沉默”（《论风格》）。基本的观点是，分析、解读是必要的，但它的力量也不应夸大。这是今天讨论诗的阅读的时候事先要说明的。

明白易懂的也有阐释的价值

部分新诗晦涩的问题，谈论已经够多，这里不想多说了。我基本的态度，可以拿80年代“朦胧诗”论争的时候，卞之琳先生的一段话来表明。他的话的大意是，难懂、晦涩，不是一个衡诗的标尺，晦涩当然不是好诗的条件，但也不是可以给诗以恶谥的根据。也就是说，难懂的诗，可能是好诗，也可能不那么好或很蹩脚；明白易懂的，可能索然寡味，但也可能清新可喜。之所以说不是评价标准，是因为“晦涩”涉及的是诗与读者的关系。每一首诗都和特定时空关联，而读者也都是具体的，生活在特定的环境中。一首诗的理解，对有的读者来说可能没有问题，对另一些读者却可能有很大障碍。读者对诗的理解力和感受方式，也会发生变化。试想，80年代初北岛、顾城、舒婷的那些当年被指责为难懂的“朦胧诗”，在今天，谁还会再指责它们晦涩吗？

难懂的诗需要解读，孙玉石老师选择的，许多是比较朦胧的诗。但是看起来浅显明白的诗，也可能有解读的空间。下面以一首简单的英国民谣为例，把它翻译成现代汉语，也可以看作是一首新诗。它被英国著名批评家伊格尔顿作为例子，写进他的《如何阅读文学》（泰瑞·伊格顿，黄煜文译，商周出版社2014；大陆版作《文学阅读指南》，特里·伊格尔顿，范浩译，河南大学出版社2015。这里引录的诗据台北版）：

咩，咩，黑绵羊，
你有羊毛吗？
是，先生，是，先生，
刚好三袋整。

一袋给主人，
一袋给夫人，
一袋给男孩，
他就住在小路旁。①

① 原文是："Baa Baa black sheep,/Have you any wool?/Yes, sir, yes, sir,/Three bags full./One for the master/And one for the dame,/and one for the little boy/Who lives down the lane."

这首简单、字面明白不过的民谣，伊格尔顿说，它衍生出几个有趣的问题。首先，第一句的主语是什么，谁说的这些话？说话的是全知的叙述者，还是和绵羊对话的某个人物？他的提问是纯粹出于好奇、获得知识的目的，还是有什么利益的驱动？如果是和黑绵羊对话的某个人，那么，他的问话是否有一种高高在上的无礼，甚至带有侮辱的味道？假如说话人企图从绵羊那里得到什么（“我能得到你的羊毛吗？”），那么，绵羊的回答就是假装听不懂他的意思；黑绵羊的回应可能是：“我的确有羊毛，整整三袋，一袋给主人，一袋给夫人，一袋给住在小路旁的男孩。但是我一袋也不给你，你这个无礼的家伙。”当然，后面的话没有说出来。伊格尔顿说，如果我们这样理解的话，那么这首语言含义看起来非常浅显的，带有写实风格的儿歌，它仍存在一个“潜文本”，也就是在人们交往中推论和暗示所扮演的角色：没有讲出来的暗示，和讲出来的推论的复杂情况。“我可以买你的羊毛吗？”“我有羊毛，但一袋也不给你。”这犹如问客人，来杯茶还是咖啡，但你发现并没有给你茶或咖啡的意思；“你留下来吃饭吧”，却没有让你留下的表示，而是希望你快点离开。当然，这首诗也可能还有另外的阐释途径。

新诗中也有许多明白易懂的短诗。如木心先生2011年去世后流传很广，还被谱曲传唱的《从前慢》：

记得早先少年时
大家诚诚恳恳
说一句是一句

清早上火车站
长街黑暗无行人
卖豆浆的小店冒着热气——

从前的日色变得慢
车、马、邮件都慢
一生只够爱一个人

从前的锁也好看
钥匙精美有样子
你锁了人家就懂了

这首小诗，至少可以从这样两个方面琢磨。一是从语言方式上，现代书面语、口语和旧诗语词句式是如何对接融合的。像“记得早先……”的类乎古诗“忆昔”的情调，“少年时”（“劝君惜取少年时”）、“日色”（“日色欲尽花含烟”）的语词，等等。二是物理时间和心理时间的关系。这里当然也存在一个与没有明说的，与“当下”对照的“潜文本”：“一生只够爱一个人”，其中有道不尽的深意；这个深意在后面的三行里得到形象性的发挥。我们知道，“锁”“钥匙”和爱情、婚姻存在一种比喻、象征的关系。比如你去巴黎、莫斯科旅行，知道那里有爱情桥和情人桥，挂满一两个世纪以来相爱的人的“同心锁”。其实也不只是男女之间的情爱，人与人的关系，在诗的作者看来，似乎是那个“日色慢”的时代更为清晰、靠谱吧？

寻找进入诗的“通道”

新诗有百年历史，到现在，题材、艺术方法已经有了相当的多样性。不同的诗人，在处理诗与时代、历史的关系上，在表达的内容和艺术方法上，有很多差异。阅读的方法自然有共通性，譬如都需要从具体的字词、句子的分析作为起点，需要把握诗的局部和整体的关系，需要体会韵律节奏等。不过，面对不同的诗，也不可能用一成不变的方式，需要寻找有效的通道。“通道”的说法，诗人西川用了“暗道”这个词，表明它的某种隐蔽晦暗的性质。可以举80年代初出现的，大家熟悉的诗人作为例子。比如北岛。北岛早期的诗和他出国后的诗，有比较大的变化。他早期的诗，常用宣言、告白的方式，如“卑鄙是卑鄙者的通行证，高尚是高尚者的墓志铭”，“告诉你吧，世界/我不相信”，“谁期待，谁就是罪人”，“在没有英雄的年代里，我只想做一个人”。这个时期他的诗，艺术基本是采用象征的方法。诗意的触动可能来自现实情境，不过很快就转化为象征性意象，并在象征义上加以组织，构成不同思想、美学价值的象征性意象之间的对比、冲突，来营造矛盾的、悖谬性的情境。如《船票》：

岁月并没有中断
沉船正升火待发
重新点燃红珊瑚的火焰
当浪峰耸起
死者的眼睛闪烁不定
从海洋的深处浮现
……

“他没有船票”——很快在诗里转化为象征义：理想无法实现，行程无法抵达的困境，以及对困境、绝望所做的抗争；也就是生命与死灭，行动与行动的受阻，互相冲突的含义在这些象征性意象中交织在一起。意象的转化方式，和不同价值内涵的意象所形成的张力，是读他这个时期的诗需要留意的方面。这里的红珊瑚火焰、冰山、冬天这些北岛早期诗中常常出现的意象，自身也都包含互相冲突的内涵。从文学史角度，也存在这些意象延续的脉络。鲁迅的《野草》也使用过相似的意象：“而一切青白冰上，却有红影无数，纠结如珊瑚网。我俯看脚下，有火焰在”；“这是死火，有炎炎的形，但毫不摇动，全体冰结，像珊瑚枝。”（《死火》）……当然，鲁迅与北岛作品展现的生命困境，在质地上是有很大差异的。

顾城的情形不同。他的想象力、幻想，甚至幻觉，常和大自然相融沟通，不是北岛的那种理性，也没有象征的着力经营。这和他少年时期的生活有关。他有一种开放式的感觉、幻想能力。因此，不一定要从他的诗中，像读北岛那样追寻某种哲理或意义。台湾学者翁文娴说，顾城的诗“他令你变成别人或别的东西。你的头转来转去，变作脚板，有时用耳朵看景象用眼睛听声音”。不断变换角色，进入另一个生命体，改变词的习惯用法，听到万物的对话，发现这种对话中的秘密。他早期的作品，是以少年的想象来讲“谁也不知道的事情”。《是树木游泳的力量》的前一段是：

是树木游泳的力量
使鸟保持它的航程
使它想起潮水的声音
鸟在空中说话
它说：中午
它说：树冠的年龄

芳香覆盖我们全身
长长清凉的手臂越过内心
我们在风中游泳
寂静成型
我们看不见最初的日子
最初，只有爱情

树木和鸟的动、静在这里出现意想不到的“倒置”。写鸟，但叙述者也同时成为鸟；写树，他同时也成为树木。他知道鸟的心思，听到它们的对话；他如树木那样，感受到“芳香覆盖我们全身/长长清凉的手臂越过内心”。这一切，都不可被清楚言说，所以诗里说“寂静成型”；而“寂静成型”也成为叙述者最理想的境界。词的性格，从习惯用法转到未见过的一面。他发现、赋予汉字以图像和音响。顾城写钟声，说它是“蓝色的大理石花纹”，声音成为美丽的物体。而北岛的钟声却是破碎的，“一个个日子撞击不停”，“时间的幕布碎裂，漫天飘零”（《钟声》），生命、历史碎片化，无法聚拢。顾城说，飘在空中的烟雾是离开泥土的花，“整个傍晚都飘着裙子”（《吸烟》）：轻盈，充满向往。北岛是“裙子纷纷落在树上/取悦着天空”（《钟声》）：在习惯的丰硕斑斓中看到腐烂和死亡。北岛有明显的象征，一种“政治性”指向，顾城的这些诗则没有，就是沟通万物的幻想。当然，在那个语境，说是包含着“政治性批判”也未尝不可；对他来说，自然万物比人的世界更真实，也更让他感到亲近。顾城后期的诗，更多使用超现实的方法，阅读态度也需要相应调整。

但另一位诗人多多（栗世征）和他们都不同。他的诗不大能轻易建立一种解读的连贯性线索，有更加浓重的现代诗那种晦暗不明的状态。其实出国后北岛的诗也这样。多多推荐的一本德国学者写的著作《现代诗歌的结构：19世纪中期至20世纪中期的抒情诗》（弗里德里希）中说，“对于有心读诗的人来说，在开始时可以给他的建议无非就是，让自己的眼睛努力适应笼罩着现代诗歌的晦暗”。当然，我无意将诗的晦暗不明与清晰浅显对立起来。有的诗人拒绝对他的诗的语词、主题做非常落实的指认，这是有道理的。但有时候也可能是他们害怕自己的诗被“拆底”，失去神秘性，让人有“也不过如此”的失望。多多的诗是抒情诗，但是和舒婷的不同，也可以叫“新的抒情”；这是40年代穆旦他们使用过的概念。也就是诗不是感伤式的，主体单一的自我表现。这种抒情，包容了现实、象征、戏剧的多种元素，一种将异质因素综合处理的能力，而且，这种抒情也是与“自我”对话，审视、质疑“自我”的。

多多“文革”时期和80年代初的作品的历史感和政治性，不像北岛那样，不是通过象征性意象、隐喻来直接表现。他的现实经验、情感储存，常转化为和日常经验不同的形象，重新构型，呈现我们感到陌生的形态；也就是跨度很大的经验加以组织，来突破日常生活的常见的形态，并且追求语言的强度。他同时也重视诗的音乐性，通过一些词语的复沓使用，形成回旋的节奏。他的想象力的支撑意象，更多来自北方，冬日北方的田野、麦地、马匹、犁，北方的广袤、粗犷、严寒，传达生存的痛苦、阴郁、凌厉，但也骄傲、坚韧、威严。和想象多取自大自然的顾城也不同。他的诗中的“北方”，可能是北纬50度以上的，早期的诗有一种大家已经指出的“异国性”，这来自他七八十年代俄国诗歌、文学（可能还有绘画、音乐）的阅读。

《我读着》是多多1991年旅居伦敦的时候的作品。我们也许可以先读诗的最后四行：

像一个白发理发师搂抱着一株衰老的柿子树，
我读到我父亲把我重新放回到一匹马腹中去
当我就要变成伦敦雾中的一条石凳
当我的目光越过在银行大道散步的男人……

这个结尾提示了我们理解这首诗的基本线索。“说诗人”（或通常说的“抒情主人公”，某种意义上也可以说是作者）坐在伦敦街头的石凳上“读着”一本书（“读着”或许是比喻性说法，而不一定是读“书”），但他拒绝变成伦敦雾中的石凳，成为那里的异乡人。他的思绪，“读”的对象越过眼前的一切，到达万里之外的土地、历史，他被“重新放回”到马腹中去。这是诗的内容和情感基调，它涉及诗歌经常出现的怀乡主题。这首诗比较长，看它的第一节：

十一月的麦地里我读着我父亲

我读着他的头发
他领带的颜色，他的裤线
还有他的蹄子，被鞋带绊着
一边溜着冰，一边拉着小提琴
阴囊紧缩，颈子因过度的理解伸向天空
我读到我父亲是一匹眼睛大大的马

有分析说，这是超现实的油画，达利那样的；这有点道理。我们可以看到多多典型的，桀骜不逊的想象方式。“我父亲”是特定的个体，有头发、领带、裤线，溜冰和拉小提琴的具体细节（诗的第二节还写到“头油的气味”“身上的烟草味”），然而却出其不意地以蹄子被鞋带绊着，将“父亲”和“马”的形象重叠：父亲也就是一匹眼睛大大的马。这种重叠、转换，表现了多多企望增强这一对个体的描写的概括力。但这种通常能看到的提升、概括，在大胆的想象中进行。了解多多身世的读者，也许可以将这些具体细节“落实”。譬如说，多多的父母40年代曾出国求学（“我读到我父亲曾经短暂离开过马群”），“文革”中被批斗，被抄家查封；多多曾四处游荡，也见证了当年的暴力……

我读到在我懂事的年龄
晾晒谷粒的红房屋顶开始下雨
种麦季节的犁下托着四条死马的腿
马皮像撑开的伞，还有散于四处的马牙
我读到一张张被时间带走的脸
我读到我父亲的历史在地下静静腐烂

不过，多多并不想只撰述“马群中一员”的遭遇，父亲和马的重叠，实和虚的变形，将对于血缘的父辈的追忆，延伸、扩展为某种整体性的生命、记忆、历史的延续，和精神谱系的寻找。我们知道，母亲常常是诗歌咏的对象。80年代读到舒婷、翟永明等写母亲的诗，会觉得很自然。但是八九十年代不少青年诗人写父亲，如《感谢父亲》（于坚）、《父亲和我》（吕德安）、《爸爸在天上看我》（韩东）、《和爸爸说话》（王小妮）……从我这里就颇感意外。自然，他们的诗意、灵感，确是来自自身深切的经历、体验，但至少从多多的这首诗，可以看到对“父亲”的追寻中蕴含的时代性主题，那一代“知青”身份的写作者，因为“根”的缺失，而衍生的广义的“寻根”思潮。父亲和马的形象，在这首诗里，既是痛苦、受难、衰老、死亡，但也是倔强、挣扎、智慧和英雄气概。

诗人的参与　读者的参与

阅读作为行为，读者自然拥有选择、评判的主动权，粗粗看来好像是权力无边。其实，读者的权力也是被限定的。这里有两方面的制约，一个是文本，也就是具体的诗的“内部逻辑”的制约，我们只能在文本允许范围内来开发阐释的空间。我们读孙玉石的《新诗十讲》，可以看到他在这一点上既发挥想象力，但又十分小心，留心诗的“文脉”，语词之间，局部和整体之间的关系，在诗的歧义性和象征性上的分析提出足够的依据。这就是尊重文本给出的限度。限制的另一方面是，为了阅读的“有效性”，读者也不能空着手，他要有相应的准备。这种“准备”，是知识上的，也是感悟上的，特别是对诗来说，语言的敏感，对词语的质地、包容力，句式的使用的细微体察，是重要的条件。

做一个“合格”的诗人固然不容易，同样，做一个“合格”的读者（如果真的有心去读诗的话）同样不容易。作为一种熟悉的反应能力和解析技巧，总是建立在某种已经相对稳定化的“信念”上面的。经常发生的情况是，读诗人往往把自己所熟稔的理论和方法（“前理解”）投射到作品之上，有时候作品反倒成为他所掌握的理论、方法的并不那么合适的例证。较积极的态度是，让作品中出现的某些“陌生”的东西，反过来促使他调整，改变惯常的理论和观察的角度。因此，阅读也是自我克服的过程。好的解读者既具有“驯化”对象的欲望、能力，将呈现为矛盾、断裂、阻断的文本条理化，建立“秩序”，达到对诗中主旨、情感意向的把握。但好的解读者同时也要有被解读对象“驯化”，让它质疑他的诗歌观念，诗歌想象，和他此前确立的标准的准备，允许对象追问解读者的观念和态度。这方面的关系不是那么好处理。对待分析的文本我们有时候过于低三下四，有时候又过于傲慢，完全不肯检讨自己的观念和方法。

诗歌解读当然是读者的工作，那么，作者是否也参与到阅读过程中？读诗的时候，作者当然不在你身边，没有有形地参与你的阅读，但是作者的参与是存在的。所谓诗人参与，包含两个因素。一个是诗人的生平、经历等传记因素在解读中的作用，另一个是诗人对自己作品的解说在我们阅读中的地位。

从文类性质上说，诗和叙事文体的小说、叙事代言体的戏剧不同，作品与作者之间更有一种“综合性”。爱尔兰诗人希尼说，诗人的写作，和他的行动、生活，往往构成“综合形象”；因此，我们往往把诗里的“我”，诗里的叙述者当作诗人本身——其实两者不能完全等同，有的时候甚至完全不能等同。当然不同诗人之间，在这个问题上也有很大差别。朱光潜先生30年代说过，“有些诗可以从文字本身去了解，有的诗非先了解诗人不可”（《文学杂志》第1卷第2期《编辑后记》，1937年）。有的诗人的作品是自己生命、遭际的直接投射；诗和人构成了互补互证的关系。像当代的牛汉、绿原、昌耀，以及台湾的商禽都是这样。因此，阅读时了解诗人的身世、性格成为不可少的条件。牛汉先生就将他的诗看成“生命的档案”，绿原为他的诗论集命名《人和诗》，商禽也坚决认为，“由人所写的诗，一定和人自己有最深的关系”。另一类诗人，这种关联性就不是那么密切，那么直接。有的诗人还有意识地回避写作的直接人格化。读后一类诗人的作品，“传记”因素的加入就不是那么紧迫。譬如臧棣，他是现在很有影响的诗人，但读者对他的生活经历的情况一般了解不多，他也有意不让我们了解。他坚持这种神秘性。了解他的性格、身世与读他的诗之间，关系确实也不是那么紧要——至少对比牛汉他们是这样。但是无论哪种情形，知道总比不知道要好。

有的诗人很喜欢谈自己的诗，包括写作动机、主题、艺术方法等，对批评家、读者的解释也很在意，会亲自出来支持、补充或反对、纠正。有的诗人则偏向于缄默，任由大家说三道四。在《新诗十讲》中，可以看到孙老师对诗人的自述非常重视，常常拿它作为解读的合理性的凭据。《新诗十讲》前面的“代序”，也谈到这个问题。毫无疑问，诗人对自己写作动机和作品主旨的解说，是我们进入“通道”的重要参考，但也不要迷信，被牵着鼻子走。因为时间不够，这个问题不能仔细讨论。有一点大家可以思考。一个是正像伊格尔顿说的，作品诞生就是一个“孤儿”，也就是脱离作者存在，有它的独立性，在阐释上，作者不一定总要扮演监护人的角色，而且，作品的解析，它的意义，不是单纯由作者赋予的，是由作者和读者共同完成的。

解读是否必须置于历史脉络中

与上面的问题相关的是，诗的解读除了与作者（诗人）的关系之外，还存在一个更大的历史脉络问题。我说的历史脉络，既指时代生活、历史语境，也指文学史、诗歌史脉络。李欧梵先生在一篇文章（《永远的“今天”》（《今天》第100期）中，引用了19世纪法国诗人波德莱尔的话：“现代性是短暂的，瞬间即逝的；它是艺术的一半，另一半是永久的，不变的。”这个说法当然值得讨论；在一定时间内，两个一半难以截然分开，而永久、不变因素也会有短暂、时间性因素的不断转化、加入。

诗（其他艺术也一样）的存在方式，它和特定时代、历史、文学史之间存在的关联问题，这是解读、评价上要遇到的，不能无视的问题。也许像卞之琳、废名的有些作品，不需要过多联系时代背景，但是北岛、芒克早期的诗，离开“文革”的历史，很难有深入理解。同样，韩东的《大雁塔》《你见过大海》，不把它们放在当代诗歌史的脉络中，也很难解读它们的内涵和产生的影响。就像我在台湾的一些大学讲当代诗的遭遇，学生不明白这样的诗为什么会被当成“好诗”，他们中许多人也不喜欢北岛早期的作品。不要说没有大陆历史经验的台湾学生，就是没有经历过“文革”和80年代的大陆年轻人，他们对这些诗也会感到隔膜。这是艺术的一个“永恒性”的矛盾。但是，我觉得优秀的诗，总是具备“可携带”的品格。也就是对它们的阅读、阐释的可能性，总会超越具体时间、空间上的限制。如果只有李欧梵所说的那短暂的一半，虽然在一个时期可能影响很大，但不久也就会被忘却。

自然，所谓历史脉络还有更宽阔的指向。从诗歌史的观点看，不同时代、不同诗人之间的创作，总存在某种联系，作品之间存在某种意义上的“互文性”。解读时揭示这种互文性（不是影响），也有助于我们对作品的深入把握。

一首诗可以从什么地方读起[①]

——读北岛早期的诗

今天我讲北岛[②]的诗，讲两个问题。一个问题是北岛的诗出现的背景，一些具体的情况。因为，在座的同学很多都是20世纪80年代以后出生的，出生在“文革”以后。对我这样年纪的人来说，北岛，或者说“朦胧诗”“新诗潮运动”，是很熟悉的事情，就像昨天刚发生一样。对你们来说，那好像就是很遥远的事情了。所以，我要介绍北岛当时在“朦胧诗”中的位置，和当时发生的一些争论。另外一个部分主要谈对北岛的诗

---

① 根据2002年11月8日在北京大学全校通选课上讲课的录音整理，有删节、修改。

② 北岛，原名赵振开，1949年出生于北京，70年代初开始写诗，朦胧诗运动的主要代表者，《今天》杂志的创办人之一。曾当过建筑工人、编辑，在欧美多国担任教职及驻校作家，现居美国。出版作品《陌生的海滩》《波动》《北岛诗选》《北岛诗歌集》等多种，曾获瑞典笔会文学奖、美国西部笔会中心自由写作奖、古根海姆奖学金，被选为美国艺术文学院终身荣誉院士。

的理解。

《今天》的诗人

下面先讲“背景”方面的情况。北岛出生在1949年，就是通常所说的“共和国的同龄人”。知青一代的作家中，许多人都是1949年前后出生的，比如小说家、电影人阿城。不过阿城出生在那一年的清明节（4月5日），在中华人民共和国10月1日成立之前，他便幽默地说他是“从旧社会过来的”。“朦胧诗”代表诗人中，顾城的年龄最小，1956年出生，其他的都是1949年之后两三年这个时间出生的。

北岛的原名叫赵振开，是北京四中的高中学生。知青作家和“朦胧诗”诗人，不少是北京著名中学的学生，例如北京四中、清华附中等。“文革”初期，北岛也积极参加红卫兵运动。后来对红卫兵运动感到失望，态度消极起来，大概成了“逍遥派”。“上山下乡”运动时，他没有去农村，1969年之后，在北京的一个建筑队当建筑工人。70年代初期开始写诗。他的主要作品是诗，也写小说。小说最有名的是中篇《波动》。这部小说和靳凡的《公开的情书》，礼平的《晚霞消失的时候》一起，是“文革”结束前的三部著名中篇，开始以手抄本方式在知识青年中有颇广的流传，“文革”后经过作者修改，发表在刊物上。靳凡曾是我们学校中文系的学生，“文革”发生的时候，大概是一年级，也就是1965年入学的。靳凡不是她原来的名字，她叫刘青峰。但刘青峰也不是她在北大时的原名。她现在在香港中文大学的一个研究所编《二十一世纪》，一份有影响的杂志。据说——不知道是不是真的——她现在不大愿意人家再提这篇小说。我猜想，对年轻时候的激情和浪漫，年纪大了以后，人们的态度有时会很复杂，尤其是小说带有明显“自叙传”的色彩。另外一个很有影响的中篇叫《晚霞消失的时候》，作者叫礼平。小说的艺术倒是很“传统”。如果用写实小说的艺术成规来观察，里面有不少不大合情理的，或“破绽”的地方，但写得很有才气。这篇小说的发表曾有不少周折。发表后受到欢迎，也受到批评。批评者之一是著名哲学家王若水。在80年代初的“思想解放运动”中，王若水是站在潮头的人物，却对这篇小说批评得很尖锐。分析这个事件很有意义，可以了解当年“思想解放”的性质和向度，和思想解放运动内部的差异、矛盾。我想，重要原因之一是小说从某个方面，质疑了当时的思想主潮的“启蒙”的和历史进化的观念。

在这三部小说里面，《晚霞消失的时候》我觉得是最好的，即使在今天再读，仍然能够引起思考，甚至有所感动。准确说，是感动我；因为我不知道你们能不能读下去，读后会有什么感觉。《晚霞消失的时候》是有明显缺陷的作品，但有时候，一些有缺陷的作品，比起另一些技巧圆熟、打磨得光亮的作品，更能让我们触动。北岛除了《波动》外，还有一些短篇小说，如《幸福大街十三号》，一篇寓言性质的，有的评论者说带有卡夫卡色彩的小说。

从80年代开始，北岛就被看作是“朦胧诗”的代表诗人；他和舒婷、顾城等，也被称为“今天诗派”。《今天》是北岛、芒克等人1978年12月在北京办的一个文学刊物。刊物因为不是正式出版的，所以称作“民间刊物”，或者“非正式出版物”。《今天》上面发表诗、小说，还有少量的评论和外国文学作品翻译、介绍。

北岛当时在青年、特别是大学生中有点“偶像式”的影响。诗人柏桦在他的自传性著作《左边——毛泽东时代的抒情诗人》（香港，牛津大学出版社）这本书里，讲到70年代末、80年代初北岛的诗在他们那里引起“震荡”的情况。柏桦当年在广州外语学院读书，他读到北岛的《回答》，用了“震荡”这个心理反应程度很高的词，并且说，“那震荡也在广州各高校引起反应”。是的，“一首诗可以此起彼伏形成浩瀚的心灵的风波，这对于今天的年轻人来说也许显得不太真实或不可思议”，但真实情形就是这样。柏桦对这种心理现象，或者说阅读现象有这样的分析：“今天”诗人发出的是一种巨大的毁灭和献身激情，这种激情的光芒，“帮助了陷入短暂激情真空的青年”“形成一种新的激情压力方式和反应方式”，包括对“自我”的召唤，反抗和创造，浪漫理想和英雄幻觉……但是，他在中国大陆“诗歌界”得到承认，却一直很费周折。他在国内的第一本个人诗集（不包括多人合集，也不包括被收入选本），是广州的一个叫“新世纪”的出版社出版的，那已经是1986年：朦胧诗早已退潮，已经是“第三代诗”活跃的时候。北岛当时在台湾、香港和海外，名声似乎更大。在大陆出版他的第一部诗集之前，台湾早已出版《北岛诗选》，他的诗也被翻译成英、法、德、瑞典等多国文字。美国的康奈尔大学出版社出版了他的《太阳城札记》。另外，他在20世纪八九十年代，多次被提名为诺贝尔文学奖的候选人，在一些年份里据说获奖的可能性很大。当然，北岛如果得奖，肯定又是一个有争议的得奖者。这不仅涉及政治意识形态上的争论，也关系到对他的诗艺的不同评价。

20世纪80年代末以来，北岛离开中国大陆，一直生活在国外。写诗、散文，继续编刊物《今天》。在海外出版的《今天》，自然已经不是当年的《今天》了。有一种精致的“经典化”的定位，也还有一定的先锋性，但似乎缺乏当初的粗糙的活力。这其实不是《今天》独自的“命运”，我想，几乎是一切“先锋”都会经历这样的“转化”。“先锋”不是想有就有的。长时间保持、维护“先锋”的姿态，和“先锋”的精神、艺术向度，也不那么容易；这肯定会是很累人的事情。北岛生活在国外面临的问题，从写作上说，主要是写作对象、阅读对象发生的变化，再就是语言的问题。他好像不能非常熟练而且传神地用英语写作。他不像另外的一些作家，比如说布罗茨基、帕斯，在离开他们出生和生活过一段时间的祖国之后，到了国外，既可以用母语写作，也能很好地用非母语来写作。北岛可能做不到这一点。当然，也可能是因为他坚持主要处理“中国经验”，面对讲汉语的读者。但这就发生了一种复杂的情况。因为书籍、出版物流通等方面的原因，国内的大多数读者并不容易读到他和其他一些人在国外写的作品；而写作者的所谓的“中国经验”，有时也会逐渐褪色。这是一个矛盾。这不限于北岛。90年代以来，有一些优秀的大陆诗人生活在国外，也继续写诗。比如张枣、多多、杨炼、肖开愚、宋琳、严力等，这是一个值得关注的现象。当然，他们中的一些人现在陆续回国定居，有的还是穿梭往来。

除了语言之外，还有其他的问题。托多洛夫在《批评的批评》（中译本，三联书店版）这本书中，谈到他、亚瑟·柯斯特勒、以赛亚·伯林这些原籍保加利亚、匈牙利、俄国，而后来生活在“异国他乡”的作家、学者的思想、精神处境。他说，他们“接受着异域的文化”，可是“却知道怎样生活在个人相异性之中”。在接受着异域文化的情况下，如何确立自身的“个人相异性”，这确实是个重要的问题。

有关“朦胧诗”的争议

在80年代中期，“朦胧诗”的“代表性”诗人形成了这样的名单：北岛，舒婷，顾城，江河，杨炼。这个名单里，没有和北岛一起主持《今天》的芒克，没有多多，没有食指（郭路生）。为什么是这五个人？“代表性”意味着什么？是通过什么方式确立的？后来，这种“代表”地位又发生怎样的变化？这都是值得研究的问题。“代表”作家的形成、更改，和一个时期的思想、诗歌潮流是什么关系？诗歌批评、诗歌选本、诗歌活动（比如从1980年开始《诗刊》举行的“青春诗会”）产生了什么样的作用？……比如说多多这个诗人，写得相当好，但我们对他的关注要到80年代后期，尤其是90年代以后。为什么他在“朦胧诗运动”期间不被关注，这是一个文学史问题。这其中有诗歌“时期风尚”的问题，有作品的发表、传播方式的问题。大多数读者读到多多的诗已经很晚了，是1985年从当时北大学生老木所编的《新诗潮诗集》上面读到的。这个诗集也是“非正式出版物”。我读过一篇回忆文章，谈到80年代后期，北大学生请几位诗人到学校演讲、座谈。学生们对顾城、舒婷反应很热烈，问他们许多问题，而把多多“冷落”在一边，惹得多多很生气，差点拂袖而去。这里面反映的问题，很值得我们研究。

在“朦胧诗人”里面，北岛和他的诗在当时引起的争议最大，受到文学界保守力量的批评最多。顾城、舒婷虽然也有争议，也受过批评，但顾城有《一代人》这样的诗，“黑夜给了我黑色的眼睛/我却用它寻找光明”——“寻找光明”，这符合了我们大多数人（包括“思想解放”和艺术革新的积极推动者）对历史的乐观期待。北岛好像没有这样明确表达的诗。当然，北岛那时也不是“悲观主义者”。

当时很多著名的诗人对“朦胧诗”很不理解，对它有过很严厉的批评，包括艾青、臧克家等。当然也有支持的，比如蔡其矫、牛汉等。谢冕老师当时是积极支持“朦胧诗”探索的，这在当时很不容易，需要有很好的判断力和勇气。我当时也是支持朦胧诗的，但对事情认识的高度和做出反应的勇气，都远远不如谢老师。他的《在新的崛起面前》这篇文章在1980年5月发表后，臧克家先生以前辈的身份，给谢冕写了一封长信，非常恳切、但也很严厉地批评了谢冕，规劝他回到“正确立场”上来。我知道，谢老师对臧克家先生是很尊重的。我们50年代上大学的时候，是他和徐迟先生提议让我们（还有孙玉石、孙绍振、刘登翰、殷晋培）编写“新诗发展概况”，给我们许多指导。记得有一次我和谢老师一起乘坐公共汽车，在车上他把这封信拿给我看。谢老师并没有接受臧克家先生的规劝，始终给“朦胧诗”，给当代的诗歌革新以坚定支持。在后来（1983、1984年）的“清除精神污染”的运动中，即使受到很大的压力，谢老师也没有后退，没有做检讨。这是很不容易的。

对北岛诗的批评，主要是两个方面。一是从诗歌技巧、诗歌方法、诗和读者的关系上提出问题的。就是批评北岛诗（也不仅是北岛）的晦涩，难懂。这涉及现代诗兴起后的美学问题。这种批评有长远的历史。国外的象征派等诗歌流派出现之后，对它的重要一项批评就是说它晦涩难懂。在中国也一样，李金发、戴望舒的诗，卞之琳的诗，直到“朦胧诗”，都在这一点上受到批评。晦涩问题，在中国当代语境里，因为和“工农兵文艺”“大众化”背道而驰，而有着政治意识形态内涵。

对北岛诗的另一方面的批评，是说他的诗感情颓废，不健康，绝望，悲观主义，虚无主义。“悲观”在现在也许还是不好，但已经不是那么严重的事情了。在五六十年代和“文革”时期，悲观可是个严重的问题；不管是对自己的生活，还是对社会历史，都绝对要不得。“文革”后一个时期，“悲观”仍是一个政治伦理性质的严重问题；在文学批评领域也是这样。北岛的《一切》这首诗，经常用来作为“悲观”的例证。有一篇文章说它表现了“心如死灰”的情绪，发出了“绝望的嚎叫”。这首诗是这样的：

一切都是命运
一切都是烟云
一切都是没有结局的开始
一切都是稍纵即逝的追寻
一切欢乐都没有微笑
一切苦难都没有泪痕
一切语言都是重复
一切交往都是初逢
一切爱情都在心里
一切往事都在梦中

一切希望都带着注释

一切信仰都带着呻吟

一切爆发都有片刻的宁静

一切死亡都有冗长的回声

在“朦胧诗”时期，这是一些诗人，特别是北岛所喜欢使用的判断意味的句式。那时候，他们有一些重要的话，一些有关人的生活，有关社会历史的“真理”性质的发现急迫需要表达。“告诉你吧，世界/我——不——相——信”；“谁期待，谁就是罪人”；“在没有英雄的年代里/我只想做一个人”；“我要到对岸去”……一连串的判断句，一种宣言色彩的表述方式。现在，诗人一般很少采取这种方式来写作。因为他们觉得已经没有什么严重的东西要“宣告”。在那时候的北岛的眼睛里，世界基本上还是黑白分明的，而我们现在看到的，可能更多是界限不清的灰色。套用一个说法，就是一代人的诗情，无法原封不动地复制。总之，这首诗在当时，被一些批评家当作“虚无”“悲观主义”的例证。我刚才说到，北岛并不“虚无”。他在诗里写道，“其实难于相像的/并不是黑暗，而是早晨/灯光将怎样延续下去”。在人们普遍认为早晨、光明已经降临的时候，在他的困惑和思考中，却是“灯光怎样延续”的问题。区别就在这里。可能是舒婷当时也觉得北岛有些不够全面，不够乐观，所以，舒婷写了《这也是一切》来和他呼应：她的这首诗有一个副标题：“答一位青年朋友的《一切》”。这首诗比较长，我只念其中的一部分：

……不是一切大树都被暴风折断
不是一切种子都找不到生根的土壤
不是一切真情都消失在人心的沙漠里
不是一切梦想都甘愿被折掉翅膀
不，不是一切都像你说的那样
不是一切火焰都只燃烧自己而不把别人照亮
不是一切星星都仅指示黑夜而不报告曙光
不是一切歌声都掠过耳旁而不留在心上……

批评家便引用舒婷的这首诗，来进一步反证北岛的不是。这种评论方式让舒婷感到不安，她就写了一篇文章，申明说：有的批评家把我的诗跟北岛的《一切》进行比较，并给他冠上虚无主义的美称，我认为这起码是不符合实际的。舒婷说，我笨拙地想补充他，结果就思想和艺术都不如他的深刻、响亮和有力。我想，舒婷的这个说明是必要的，也是实事求是的。道理其实很简单，比较的“全面”，比较的不“悲观”，并不能说就是比较的好诗。况且，舒婷只是“承接”北岛的“论述”，这种“承接”，不是否定、颠覆，而是在这基础上的补充、延伸。但批评家却无法领会语言、文体上的这种性质。

在20世纪80年代初，“朦胧诗”的争论不仅牵动诗歌界，牵动诗人和诗歌读者、批评家的情感，而且在一些城市里，扩大为社会性的争论。1980年4月，在广西南宁（后来还到桂林）开了一次诗歌讨论会，主要议题之一就是围绕朦胧诗的评价。参加会的许多人都情绪激烈。我和谢冕、孙绍振、刘登翰老师都参加了。在那次会议上，对“朦胧诗”，特别是顾城和北岛的作品，有非常激烈的争论；支持的和批评的态度，使用的语言都很极端。那个时候，中庸、“模棱两可”不会受到欢迎。但那个时候吵归吵，面红耳赤，大家还是朋友。对一首诗，对一个诗人的写作，能那样动感情，那样辗转难眠，这在现在也难以想象。现在我们都变得成熟、全面、冷静，但也好像有些平庸、乏味、世故。当然，不能说很多人都这样。这只是我对“时代氛围”的一种感觉。

北岛的诗后来受到的另一面的批评，不是来自诗歌界的“保守力量”，而是来自新诗潮内部。在1983年前后的文学界，“朦胧诗”的“合法性”还是个问题，而“更年轻第一代”已喊出“打倒北岛”“pass北岛”的口号。这让总是跟不上“形势”的我有点目瞪口呆。我想，好不容易“跟上”了理解北岛，他却已被打倒在地。从这里也可以看到，在中国，文学潮流变化更迭之快。在整个20世纪，都是这样的。如果你想要一直站在潮头，那很容易因为过分紧张而神经衰弱（如果不说得了“精神病”的话）；但要是不紧跟，不出三五年，再“先锋”的也便成了被遗弃的遗老遗少；就像刘半农在30年代初所感叹的，他们这帮在五四文学革命中努力于文艺革新的人，不出几年，一挤就被挤成三代以上的古人了。

那么，在1983年前后，北岛为什么要被“打倒”呢？一个原因可能是，虽然北岛当时在“主流”诗界还没有被承认，但是在“崛起”的“新诗潮”内部，几乎成为“经典”，对当时的诗歌探索者影响很大。“经典”可以指出方向，规划道路，但也可能成为束缚。那些后起的更年轻的诗人在这个时候会产生这样的念头：北岛他们已经成了笼罩的巨大阴影，你要不完全按着他们路子走下去，要想有所开拓，写得更好，就要摆脱这个阴影。这是有道理的。80年代初，当代诗歌写作的开拓、探索刚刚开始，北岛们的过分经典化，的确会损害、缩小探索的动力和空间。还有一个更实际的问题，无论在中国还是在国外，诗歌在社会文化中的空间越来越小，我们时代的主流文化是大众文化，消费文化。诗歌特别是先锋诗歌，并不是消费文化。这个问题在80年代初的中国还没有被充分意识到，不过它已经是一个现实的问题。在这样一个小的或不大的空间里，一个诗人要想崭露头角，被关注，被承认，需要采取一些策略，实施一种“断裂”的“崛起”方式。我想这也是很自然的事情。这也是80年代有那么多诗歌流派、宣言出现的一个原因。当然，针对北岛的批评是从诗学角度进行的。北岛的诗大多是处理有关时代、历史的“大主题”，总体风格紧张、坚硬。而继起的探索者认为，中国当代诗应该回到对人的日常生活的表现，要在语言、技艺上做更多的革新。

北岛诗歌的“特质”

上面讲的是北岛诗歌的背景。接下来我谈第二个问题，北岛的诗的思想艺术特征。分析的时候，要确定一个比较好的切入角度。这个角度不是普遍性的。我们常常出现的问题是，对所有的小说、诗的分析，都采用同一的方法、角度。我上中学的时候，语文课分析文章、作品就是这样。这种方法有的时候可能有效，有的时候则没有效果。一首诗要从什么地方读（分析）起，我想并没有固定的格式。与方法的选取和对象本身，以及读诗人的态度、体验是密切相关的。

北岛和舒婷在80年代初都很著名。我想，大学里的读者肯定多数更喜欢北岛。我也一样。因为舒婷这样的诗，我们过去读的很多，表达的意绪、情感以及形式，都比较“传统”。“传统”与否，当然不是一种衡量诗歌等级的标尺。不过，这种“浪漫派”的抒情在中国新诗史上还是多了点。所以，卞之琳、朱光潜、袁可嘉等先生都曾提醒我们对“浪漫派”那种抒情的警惕。舒婷在当时对读者产生的新鲜感和吸引力，主要是恢复了在当代被“压抑”的那种个人的、柔和的、忧郁的抒情传统；这在特定诗歌语境中，也可以说是一种“革命性”的突破。

这样说，是不是北岛和舒婷的艺术方法就完全不同呢？也不是这样。北岛70年代末、80年代初的诗，大体上也是那样一种抒情“骨架”，但的确有较多新的诗歌质素和方法。要是不避生硬简单，把北岛的诗归纳出一个“关键词”的话，那可以用否定的“不”字来概括。舒婷，或许可以用“也许”“如果”这样的词？这不仅仅因为“也许”“如果”这些词舒婷用的很多，譬如：“也许旋涡眨着危险的眼，/也许暴风张开贪婪的口”（《致大海》）；“我如果爱你—/绝不像攀援的凌霄花，/借你的高枝炫耀自己”（《致橡树》）；“如果有一个晴和的夜晚”（《致杭城》）；“也许有一个约会/至今尚未如期/也许有一次热恋/永不能相许”（《四月的黄昏》）；“也许我们的心事/总是没有读者/……也许我们点起一个个灯笼/又被大风一个个吹灭”（《也许》）；“如果你是火/我愿是炭/想这样安慰你/然而我不敢”（《赠》）……面对着选择时，有一种犹豫不定，彷徨的忧郁的情绪。不像北岛，“我也决不会交出这个夜晚”（《雨夜》）；“我只能选择天空”（《宣告》）；“我要到对岸去”（《界限》）；“明天，不/明天不在夜的那边”（《明天，不》）……比较起北岛来，你就会感觉到在舒婷的诗中，有那种可以称为“感情旋涡”的东西。“旋涡”就是有点纠缠，矛盾；譬如，理智和情感之间的矛盾，社会责任与个体生活需求的矛盾，还有就是需要依靠的女性与独立自主的女性之间选择上的困扰。

北岛的诗的“质地”是坚硬的，是“黑色”的。80年代初，海明威在中国大陆曾经是很受欢迎的作家之一。上我的课（“近年诗歌评述”）的学生，有的便把北岛比作海明威式的“硬汉子”。这种类比当然不一定确切。不过，我们对他的诗里那种否定意识，强烈的怀疑、批判精神，都有深刻感受。这种怀疑和批判，不只是针对所处的环境，而且也涉及人自身的分裂状况；这是北岛“深刻”的地方。

下面，我们来读北岛著名的《回答》。这首诗最初发表在《今天》的第1期（1978年12月）上，次年被《诗刊》转载。很多人认为这首诗的写作与1976年4月的“天安门事件”有关，是对这一事件做出的反应。但齐简在回忆文章里（《诗的往事》，收入《持灯的使者》一书，香港，牛津大学出版社）提出，《回答》的初稿写在1973年3月15日，最初的名字是《告诉你吧，世界》。齐简保存有这首诗初稿的手抄本。后来北岛多次修改，才成了我们看到的样子。后来的修改受到“天安门事件”影响，也不是没有这种可能性。其实，是不是针对“四·五”天安门事件，我觉得并不是那么重要。谈北岛很难不提到《回答》，一是它确实影响很大，还因为北岛这个时期诗的特质，他的表达方式，在这首诗里面表露得最充分。

卑鄙是卑鄙者的通行证，
高尚是高尚者的墓志铭。
看吧，在那镀金的天空中，
飘满了死者弯曲的倒影。

冰川纪过去了，
为什么到处都是冰凌？

好望角发现了，
为什么死海里千帆相竞？

我来到这个世界上，
只带着纸、绳索和身影，
为了在审判之前，
宣读那些被判决的声音：

告诉你吧，世界
我——不——相——信！
纵使你脚下有一千名挑战者，
那就把我算作第一千零一名。

我不相信天是蓝的；
我不相信雷的回声；
我不相信梦是假的；
我不相信死无报应。

如果海洋注定要决堤，
就让所有的苦水都注入我心中；

如果陆地注定要上升，
就让人类重新选择生存的峰顶。

新的转机和闪闪星斗，
正在缀满没有遮拦的天空，
那是五千年的象形文字，
那是未来人们凝视的眼睛。

从这首诗中，我们可以看到早期北岛诗的精神素质，那种否定的、宣言式的诗情，坚定、不妥协的意志，和北岛的习惯用语、句式。这种方式在这个时期他的很多作品里都有体现。再比如《宣告——献给遇罗克》。遇罗克是“文革”期间北京的一个中学生，曾经写文章批判“血统论”；因为这篇文章以及其他一些言论，遇罗克被判处了死刑。这首诗是献给他的。

意象群

刚才我们讲的是北岛诗的特质，是一种印象式的把握。这种感觉印象在诗歌分析中有时是重要的。也就是某种情调，某种氛围，某种质地。当然这是一种感性的或者说初步的印象。

它不是很严密也不够深入，但有一定的价值。有时候，在读一些非常学理化的，分析繁复的批评文字之后，反而会觉得有些精彩的“印象式”批评，清新且更有智慧，更能抵达对象的“本质”。当然，这里对北岛诗的印象只能算是初步的。为了进一步把握北岛诗歌的某些要素，还应该有所展开。我想可以从诗的意象性质及其组织方式上来解析。

在80年代初，北岛对自己的诗，自己的写作过程谈得很少。舒婷、顾城和杨炼就不同，他们对自己的生活经历和写作有许多谈论。我们看到的当时北岛唯一谈论自己的写作的文字，是1982年在《上海文学》“百家诗会”上一段几百字的短文。这对理解他当时的诗有很大的帮助。这段话首先讲到诗歌的目的，诗和现实生活的关系。他说，要通过写作建立一个“诗的世界”，这是一个“独立的世界”，“人道”和“正义”的世界。这个观点跟顾城等人的看法有相似的地方。比较起“十七年”和“文革”期间的主流诗歌观念，相异之处首先是一种人道主义的理想；其次是诗歌（文学）世界和现实世界之间的并非完全对等的关系。

和“十七年”的那种文学观念不同的地方是，北岛他们虽然也强调诗歌跟现实世界的联系，但是他们认为诗歌（文学）世界有它自己的想象的超越的独立性。在诗的写作与生活目的的关系上，北岛那一代诗人趋向把它们看作是“同一”的；诗歌写作也是在处理、实现人的生活目标，是追求更好的生活方式的手段。在这一点上，这也是一种“浪漫主义”的看法，和现在有些青年诗人的想法不同。

北岛在这段文章里还说到，他在诗歌技艺方面使用了“蒙太奇”的方式。“蒙太奇”是电影艺术的概念，简单地说，它是通过对画面、镜头（包括音响等）的组接，实现对时空关系的重新处理。这给我们提供了理解他的诗歌艺术的两个线索。一个是“镜头”——也就是诗的意象；另一个是“镜头”（意象）的组织、联结方式。在北岛这个时期的诗里，意象的使用十分自觉，意象在诗中处于十分密集的状态，而且他使用的意象也大多带有某种程度的象征性。也是因为这个原因，80年代有的评论家把他称为“象征诗人”。我在这里提出北岛诗歌在意象使用上的几个特征，即意象使用的自觉、密集和意象的象征性，应该说是有一定根据的。他的诗的“象征性”效果的实现有多样方法。有时候是靠“反复出现”来达到，类乎音乐中的赋格、奏鸣曲的方式。

密集的象征性意象就有可能在诗的整体中形成某些“意象群”。如果对北岛这个时期的诗读得比较多，那么可以看到有一些基本的意象群的存在。一个意象群是作为理想世界，或他所说的“人道世界”的象征物出现的，是构造这个理想世界的材料。这些意象大体来自自然界的事物，如天空、鲜花、红玫瑰、橘子、土地、野百合等。这是浪漫主义诗歌经常用来表现美好事物的意象。它们带有和谐（人和人，人和环境）的正面的价值含义。北岛诗的另一个意象群，在价值上处于对立的位置，整体上带有否定色彩和批判意味。比如网，生锈的铁栅栏，颓败的墙，破败的古寺等。例如：

夜／湛蓝的网／星星的网结（《冷酷的希望》）

你靠着残存的阶梯／在生锈的栏杆上／敲出一个个单调的声响（《陌生的海滩》）

我们头上／那颗打成死结的星星呀（《见证》）

让墙壁堵住我的嘴唇吧／让铁条分割我的天空吧(《雨夜》)

到处都是残垣断壁，／路，怎么从脚下延伸(《红帆船》)

时间诚实得像一道生铁栅栏／除了被枯枝修剪过的风／谁也不能穿越和往来（《十年之间》）

可以看到，“网”“栅栏”“残垣断壁”等在他的诗中，都在表示对人的正常的、人性的生活的破坏、阻隔、分割，对人的自由精神的禁锢。这是他对人的生存环境的理解。他的有名的组诗《太阳城札记》基本上也采用这种艺术方法。组诗最后一首题目是《生活》，全诗只有一个字：“网”。这是一首有争议的诗，主要是说题目比内容还长，还有就是对生活所抱的悲观态度：把生活看作受禁锢的境况。《太阳城札记》的构思，可能来自意大利哲学家康帕内拉1623年出版的《太阳城》。那是一部描述理想的书，在这个“太阳城”里，不存在私有制，统一分配财产，每天工作四小时，人人平等。北岛在这个组诗中，表现了他对当代的“太阳城”的批判，大概是在揭示它的“乌托邦”的，矛盾、虚假的性质。他的《雨夜》，写大雨中的感觉，好像是被雨的墙和铁条堵住和分割，犹如置身于监牢之中。这种意象方式让我们想起波特莱尔的《恶之花》。我不说是“影响”，因为这无法落实。其实准确说，是想起陈敬容翻译的波德莱尔，发表在《译文》（这个刊物1959年以后改名《世界文学》）1957年第7期上的那组选译。这里有一个有趣的问题，在当代有不少诗人是通过翻译而不是原文来阅读外国诗歌的。不过，现在的情况有了改变，有一些诗人的外语很好，自己也译诗。但总的来说，外国诗对中国新诗的影响还要考虑翻译的因素。比如戈宝权对普希金的翻译，穆旦（查良铮）对普希金、莱蒙托夫、拜伦等的翻译。诗歌翻译在中国现代诗歌建构过程中所起的作用，还是一个研究不多的课题。

北岛这个时期的诗，从另一个角度说，有时会让人觉得意象的含义过于确定，诗的“主题”的表达，和读诗人对“主题”的探求，“通道”都比较确定。抽象来讲，很难说是好还是有缺陷。但在“文革”之后一段时间，既有诗的意象和形式的创新，又有某种“主题”的确定性，这种诗应该更受读者的欢迎。那个时候还是非常需要“主题”的，大家有许多的看法、情绪、观点要表达。北岛的好处和某些弱点可能都包含在这里。据说北岛后来对他早期的诗评价不是很高，那是他过分看到“弱点”的一面。

悖论式情境

除了意象的性质，我们还要看看这些意象的组织方式。这也许更重要。这些有着对立的价值内涵的意象，在北岛的许多有代表性的诗中，常常处于密集、并置的结构方式；它们因此产生对比和撞击，有时形成一种“悖论式”的情境。如果要从现代文学中寻找相近的例子的话，也许可以举鲁迅《野草》的部分篇章。关于鲁迅在《野草》中创造的“悖论式”情境的分析，大家可以读李欧梵先生的一篇文章。文章收在乐黛云老师编的《英语世界中的鲁迅研究》（江西人民出版社）这本书里。李欧梵引用了一位叫查尔斯·阿尔伯的学者的发现，认为《野草》“悖论式”情境的主要结构原理，隐藏在意象的对称和平行的对立两极的交互作用中（第195页）。比如《野草》的题辞：“当我沉默着的时候，我觉得充实；我将开口，同时感到空虚。”这样的结构在《野草》中十分常见，例如《影的告别》《复仇》《死火》《失掉的地狱》《墓碣文》《死后》等等。“于浩歌狂热之际中寒；于天上看见深渊。于一切眼中看见无所有；于无所希望中得救。”“抉心自食，欲知本味。创痛酷烈，本味何能知？……痛定之后，徐徐食之。然其心已陈旧，本味又何由知？”“死尸在坟中坐起，口唇不动，然而说，‘待我成灰时，你将见我的微笑’。”在中国现代文学史里，鲁迅的《野草》是一本很奇妙的书。它的思考、情绪比北岛诗的“悖论”要复杂也深刻得多。北岛诗中意象平行、对称的并置结构，例如：

卑鄙是卑鄙者的通行证，/高尚是高尚者的墓志铭。（《回答》）

一切欢乐都没有微笑/一切苦难都没有泪痕（《一切》）

岁月并没有中断/沉船正生火待发/重新点燃红珊瑚

的火焰（《船票》）

走向冬天 / 在江河冻结的地方 / 道路开始流动 / 乌鸦在河滩的鹅卵石上 / 孵化出一个个月亮（《走向冬天》）

万岁！我只他妈喊了一声 / 胡子就长出来 / 纠缠着，象无数个世纪 / 我不得不和历史作战 / 并用刀子与偶像们 / 结成亲眷……（《履历》）

这样的例子很多。如《归程》中的“梧桐树上的乌鸦”（不是凤凰），“陈叶”和“红色的蓓蕾”在灌木丛中摇曳，但“其实并没有风”。有时候，使用的意象本身就有着复杂的、对立意味的含义。如上面提到的《船票》，“沉船”正“生火待发”，点燃的是“红珊瑚的火焰”。我们读过鲁迅的《死火》，里面说，我坠在冰谷中，“上下四旁无不冰冷，青白，而一切青白冰上，却有红影无数，纠结如珊瑚网。”“有炎炎的形，但毫不摇动，全体冰结，像珊瑚枝”。

可以看到，北岛诗中的“红珊瑚火焰”，既包含着燃烧，生命勃发，也有着冻结、死灭的双重含义。这个意象自身就有对立的，悖论的因素。这种有着不同价值内涵的意象并置，和使用有复杂成分的意象的诗歌方法，它所要展示的是两方面的状况：一方面是环境，现实处境；另一方面是人的行动和内心状况。从前面一点说，在当时，北岛比其他的诗人都更坚决地指认和描绘生活、历史的荒谬，“倒置”的性质。从后一方面说，它们提示了处于这一时空中的个人，在争取个人和民族“更生”时可能陷入的困境，前景的不确定和个人内心的紧张冲突。

现在我们来读他的一首短诗《走吧》。这首诗不是北岛最好的作品，但比较短，对我所要讲的问题具有“典型性”。

走吧，
落叶吹进深谷，
歌声却没有归宿。

走吧，
冰上的月光，
已从河床上溢出。

走吧，
眼睛望着同一块天空，
心敲击着暮色的鼓。

走吧，

我们没有失去记忆，

我们去寻找生命的湖。

走吧，

路呵路，

飘满红罂粟。

我就做一点笨拙的“解读”。这种“解读”在很大程度上是把诗“条理化”“散文化”，这可能很要不得，好处是满足我们对“主题”“意旨”的心理需求。先看第一节的“却”字，连接了人和自然界的对比：有栖身地的落叶和没有归宿的人的歌声。归宿，栖身地是人获取安定感的根基，但是正如北岛在《一切》里说的，“一切都是没有结局的开始”。河流“溢出”的这种奔腾流动也许只是虚假的幻觉。天空和暮色在这里是一种并置的对立关系，是超越性的追求，以及对这种追求的有效性的怀疑。拥有记忆是人能够理解现在，以及设计、安排未来的保证；但寻找到的却是“生命的湖”。“湖”在北岛诗中是水的汇集、静止，而不是扩展、流动。在另一首短诗《迷途》中，有这样的句子：“一颗迷途的蒲公英/把我引向蓝灰色的湖泊。”最后，路上飘满的红色花朵能够给人安慰，使人喜悦；但是这些花却是有毒的。这首诗展现的是一个“分裂”“悖论”的情境。“悖论”不仅是人的处境，也关乎人自身。不过，在断裂、矛盾的状况中又贯穿着一个不妥协的、固执追寻的声音：“走吧。”这表现了此时北岛，一个“理想主义者”对人的力量的信念：分裂的世界，“两难之局”靠人的介入、参与，会有获得弥合、超越的可能性。

我们读过鲁迅的《过客》。北岛的诗的“叙述者”也有那个“过客”的“反抗绝望”的精神素质。鲁迅在给许广平的信中说，走人生长途，遇到“穷途”，听说阮籍先生也大哭而回，我却也像在歧路上一样，还是跨进去，在刺丛里姑且走。“过客”不接受老翁关于往回走的劝告，也不接受女孩的安慰和布施，不愿认同对虚幻前景的承诺。北岛的诗里也有类似的表达。《红帆船》中写道：“我不想安慰你/在颤抖的枫叶上/写满关于春天的谎言/来自热带的太阳鸟/并没有落在我们的树上/而背后的森林之火/不过是尘土飞扬的黄昏”。北岛还写道：“不祝福，也不祈祷/我们绝不回去/装饰那些漆成绿色的叶子”（《走向冬天》）。大概是“祝福”意味着抱有奢望，而“祈祷”说明有所畏惧。但是就在希望和绝望所构成的“悖论漩涡”（这个词是李欧梵先生的发明）里，诗的“叙述者”

做出向前走的决定：这是因为，归根结底他对“时间”抱有信心。相信“时间”就是相信“希望”，就是相信“未来人们凝视的眼睛”（《回答》），就是相信不管在什么样的情况下，“岁月并没有从此中断”（《船票》），就是承诺，“除了天空和土地/为生存作证的只有时间”（《红帆船》），就是坚信“也许全部困难只是一个时间问题，而时间总是公正的”。

我们在谈论北岛这个时期的诗的时候，还应该加进一个重要的意象，这就是“冰山”。这是关于自身，关于个体，也是关于“一代人”的意象。它意味着坚决、执着、孤傲，但也意味着艰难、险峻。他们表示要留下一切多余的东西，“把钥匙留下”，“把梦魇留下”，留下“最后的一份口粮”，留下一切可能妨碍他们意志高扬的约束，“在江河冻结的地方/道路开始流动”（《走向冬天》），走向最不利于他们，却最有可能与他们所要质疑、批判的对象“交战”的地方。

最后我要说明的是，今天讲的北岛的诗是他早期的部分。后来北岛的写作发生了许多变化。80年代中期变化已很明显。移居国外之后，他对自己的诗歌写作所做的调整就更加突出。对他后来的诗的阅读、分析需要有另外的时间。从一种“风格”的印象看，也许欧阳江河的描述有一定道理：北岛近作在“诗歌精神”上和早期作品有一致性，变化是近作“其音调和意象是内敛的、略显压抑的、对话性质的，早期作品中常见的那种预言和宣告口吻，那种青春期的急迫形象已经甚少看见”（《站在虚构这边·北岛诗的三种读法》）。我想，这是很自然的。我们的生活发生了这么大的变化，况且北岛也已经不年轻。

（选自《学习对诗说话》 北京大学出版社2010年版）

读牛汉：树木的礼赞[①]

一

我借用黑塞一篇文章的题目，来记述参加一次诗歌会议之后的点滴感想。会议是《牛汉诗文集》[②]的首发式暨研讨会。会议取名“跋涉者和梦游者”，这应该是牛汉自己和一些研究者对他的人生道路和诗歌精神的概括。来开会的有诗人（郑敏、邵燕祥、屠岸、任洪渊、灰娃、西川、食指等），有诗歌批评家，新诗史研究者，有20世纪70年代末《今天》杂志的参与者，有他在人民文学出版社和《中国》杂志社工作的同事，以及他的追慕者，将近百人。会场不大，这就显得很拥挤，有的只好站在后面。研讨会的气氛有些奇特，“学术”的氛围并不缺少，更浓厚的是那种朋友、“家庭式”的亲切和温馨。

① 原题为《“树木的礼赞”——一次诗歌会议之后的札记》。

② 《牛汉诗文集》（1—5卷），刘福春编，人民文学出版社2010年版。

牛汉先生已经87岁，腰疾严重，无法自己走路移步，是坐在轮椅上来的。以前，我对诗歌界一些朋友称他为“老爷子”颇不以为然，这回为这样的气氛感染，觉得应该修改自己的看法。诗文集装帧精美，却朴素庄重。深灰色封面上有牛汉硬笔的自画头像。好几年前，也是一次诗歌会议，他坐主席台，我在下面。也许是有的发言空洞冗长，他趁我不注意，铅笔画了我侧面的速写送给我。这次开会，想找出来让他签名，却怎么也没有找到。他过去出版的书，许多我都有，有的还是他题签赠送。在《命运的档案》[①]的扉页上，他写有这样的文字：

> 此书一半为档案：曾作为罪证，80年代初由中央某部退还我。只清理出一部分，大部分仍搁在书橱角落。不是正常的文学创作，但从中可了解我一生的一些内心活动。
>
> 我的电话：××××××××。

这里说的“档案”，指的是他给胡风、梅志、他的朋友的信件，以及读书笔记和创作手稿。这次的诗文集，这些“档案”都已悉数收入。牛汉先生赠我的著作，给我写的信，不只

---

① 《命运的档案》，牛汉著，武汉出版社2000年版。本文引述的牛汉先生的文字，均见于本书和《牛汉诗文集》。

一次留有他的电话。可是我一次也没有打，倒是他给我打过几次。这有悖常情和常理，是我的不是。牛汉先生年长我十六七岁，可是，和他在一起，常会觉得他比我们许多人都坦诚，都更有童心。在他面前，我常不由自主地告诫自己，要少一点世故，少一点圆滑，真的要真实一些。

二

知道牛汉的名字，是50年代读高中的时候。那时他、胡风，以及绿原、路翎、阿垅他们开始蒙羞遇难；当时，我没有怀疑地相信他们是“反革命”。那时候有个奇怪的念头，总以为牛汉他们是“老头”了，后来才知道当年他不过三十出头。待到开始读牛汉的诗，已经是70年代末80年代初。这个时期，他最为人称道的作品，当推《华南虎》：“不羁的灵魂”，“火焰似的”斑纹和眼睛，“巨大而破碎的滴血的趾爪”，成为描述牛汉诗质和人品的词语。它和《鹰的诞生》《半棵树》等，通常被看作是他的“代表作”。比较起来，80年代初更触动我的，是《麂子》，是《悼念一棵枫树》。我看到平易、朴素的语句的饱满和力量。有关这首诗在我这里引起的反应，我在题为《历史经验的重量》的文章里，有详细讲述。牛汉这首诗初稿写于他在湖北咸宁“五七干校”

劳动改造的1972年。一个秋天的早晨，湖边一棵高大，美丽的枫树锯倒了，这时：

家家的门窗和屋瓦
每棵树，每根草
每一朵野花
树上的鸟，花上的蜂
湖边停泊的小船
都颤颤地哆嗦起来……

诗还写道，这一天，整个村庄和山野都飘着“比秋雨还要阴冷”的清香。

那个时候，这首诗给我印象深刻的原因，现在想起来有两个方面。80年代初，“象征”是诗歌写作、批评最被推重的方式，读者也热衷从诗中寻找“喻象”背后的寄托、指向和微言大义。这固然是在矫正当代诗歌那种“主题”和方法的浅白直露的弊病，但什么事情一旦成为风尚，争相模仿，就会让人厌烦。《悼念一棵枫树》虽有某种寄托，也可能有某种“象征”，但它的力量不需要借助这些。所以我在当时和后来写作的当代文学史和新诗史中多次提到，它“诗的情感，与作为情感、经验的寄托和映像的自然物之间，超出简单比喻性质的关系”，赞赏那种高贵的情感，“弥漫一切空隙地流贯、浸润在诗的所有细节”之中。

另一方面的原因，是与个人生活经验的关联。1969年，那时掌管学校权力的工人、解放军“宣传队”已进驻学校，开展了“清理阶级队伍”运动。除了对人的排队、清理之外，花草也不能例外。说是北大到处尽是花花草草，正是滋生资产阶级、小资产阶级的温床。不久，五四运动场跑道和足球场便全部开挖，种上了白菜、西红柿、黄瓜，而中文系、历史系所在地的一院到六院之间的静园，树木、草地被砍伐、铲除（还好，似乎是顾及了生长的不易，一些松柏被保留了下来）。记得是一个早上，我从宿舍去中文系，从四院一边转过去，眼前的景象让我惊呆了。高大的白杨、榆树的树干已经肢解在地，刺梅、丁香、连翘的枝叶狼藉散落；天空突然因空洞而慌乱。因此，我能够理解牛汉在被伐倒的枫树前的“丧魂落魄”：“整个天空变得空荡荡的，小山丘向下沉落，垂下了头颅……我颓然地坐在深深的树坑边，失声痛哭起来。”[①]也是在那些日子，一次遇到谢冕，他激动而忧伤地说起未名湖一株美丽榆树被无端锯倒，没有人清理，一个多星期，几截树干仍躺在路旁，叶片枯萎失去了光泽。谢冕说，“我真的不敢从它

① 《一首诗的故乡》。

身边经过，每次都绕远路回家”——那时，他住在大学西北角的朗润园，从中文系的二院回家，未名湖是必经的地方。

我明白，我们谁也没有力量阻挡“风景”消逝的进程。

三

2008年9月，和一些朋友去安徽旅游，在屯溪的书店购得刚出版的德国作家黑塞的诗文集《园圃之乐》[①]。对“伪造”的“屯溪老街”并没有很高兴致，可离旅游同伴集合还有两个钟点，便在街头公园长凳上翻读这册漂亮的小书。说它“漂亮”，除了装帧的雅致，还因为里面有十几幅黑塞手绘水彩图画，让人爱不释手。收入的诗、文（不少是黑塞著作的摘录），时间跨度从“一战”前的1908年到50年代初。在战乱频仍、声色犬马、奢华浮夸激荡的20世纪，黑塞离群索居的生活状况，他对山川、湖泊、花草热切挚爱，与大自然建立的那种相容相契、忠实信赖的关系，倒像是（但其实也不全是）中国古代遁世的隐者。

在多个地方，黑塞也写到树木的死亡，但情感不如牛汉尖锐。譬如他园子里的一株桃树，一株南欧紫荆，先后在狂风暴

① 赫尔曼·黑塞《园圃之乐》，孚克·米谢尔斯编，陈明哲译，人民文学出版社2008年版。译者陈明哲毕业于台湾大学，是该校森林系、森林研究所学士、硕士。这样的学养让人羡慕。

雨之夜折断倾倒。他也哀伤、沮丧，写到因大树倾倒地面有了一个大洞，缺口，“空虚，阴森，死亡和忧郁全都从这向内窥伺”，感叹着“连树木都有不测风云的命运，也会猝逝骤亡，也会一朝被人弃置，消失于无尽的黑暗中”。所幸，黑塞说，这些树木不是被空投的炸弹所爆裂，不是被人连根拔起远离故土，不曾因受到玷辱而痛苦求死……因而“死得庄严而自然”。说起来，与自然的这种关系，部分原因虽然来自时势的纷乱和对现实政治的弃厌，不过，在存在的层面上，树木已经逐渐脱离作为人类寄托的附属物位置。或者说，人和自然之间，存在着一种超乎比喻的关联：

> 在人们心中和大自然里，都有不可分割的同一份神性在运作。一旦外在的世界毁灭了，我们所保有的这一份神性或许能够将它重新建立起来；因为山川与河流、林木与树叶、根干与花朵，所有这些大自然的创造物，全都已经预先在我们内心形成，从灵魂里源源而生。[①]

在这一点上，牛汉自然不同于黑塞。不过，他们都有对树木的发自内心的崇敬。黑塞将树木看作是“具有说服力的传道

① 《外在世界的内心世界》，见黑塞《园圃之乐》。

人”。他说，“所有的树木也都是神灵。若懂得与它们交谈，知道如何倾听它们的话语，那么就能得知真理。它们阐扬义理与箴规，解释众庶之忧苦，叫人认知生命的原始法则。”在黑塞解读的树木阐明的箴规中，特别值得重视的是，热爱与崇敬树，也“不必时时以变成树为念——除了扮好自己的角色之外，他将不再觊觎成为别人。这正是一个人的原乡，是他的福分。”[①]这种以树为范，成为特立独行的个体，相信也体现在牛汉的人生轨迹之中。

四

诗文集研讨会上，有几个发言让我印象深刻。如郑敏先生，她说，参加这个会好奇和深有感触的是，诗人与读者，与一般大众会有这样的关系。对此她解释说，她1955年才从美国归来；在国外，诗人很高贵，但也高高在上。郑敏先生因为取得比较的眼光，才能发现诗人与读者的这种我们习焉不察的关系。另一个发言者是吕正惠先生。吕先生是淡江大学教授，专程从台北赶来参加这次会议。说到喜欢牛汉诗文时，他给出的理由之一是，牛汉对人的关切，对挫折、受难、悲苦的人的安慰，是一种孩子式的纯真的安慰。这个看法我第一次听到，感

① 《园圃之乐·树木的礼赞》。

到很新鲜。吕正惠是西方古典音乐乐迷，我在他台北的家中看到他收藏的三万多片CD。他的随笔集《CD流浪记》[①]里谈到莫扎特，使用了和谈论牛汉相似的说法。“当他伤心，难过，他就像小孩一样‘纯然’地伤心，难过，一点杂质也没有。你听他的慢板（特别是钢琴协奏曲的慢板），就仿佛莫扎特在跟你说：我知道你很难过，我也很难过，然后他就哭了。”吕正惠说，“那种‘纯净’的悲哀会让你在听完之后轻轻地叹一口气，心里想：算了，没什么好说的了。”这篇文章的题目是《慢板——莫扎特如何安慰我们》。我真的很感慨吕正惠有这样的感觉，想他一定是在痛苦的时候听这些慢板，情绪因此得到缓解的。不过论到牛汉，总觉得这样的评论有点奇怪。后来仔细想想，这可能是深入到文字内在气质的发现。也就是说，在牛汉的精神素质和感情状态之中，发现一种跟他的遭遇，跟他的年龄似乎难以对接的天真和纯净。牛汉自己说的“获得净化之后的单纯”，是包括我在内的一些评论者忽略的重要一点。

研讨会临近结束，按惯例是牛汉讲话。面对大家对他诗的很高评价，却说自己的诗“写的好的少”。说这些话的时候，他的语调平实，诚恳，没有丝毫的故作姿态的做作。他几次说

① 《CD流浪记》出版于1999年，台北九歌出版社版。大陆版本有文化艺术出版社版和2010年广西师范大学出版社版。各版本之间所收篇目略有不同。

他的诗写得“粗”。这个字可能有多层的含义。譬如不够严谨，精致；譬如诗意不够凝聚显得狂躁。“狂躁”是他1987年和唐祈谈诗用到的词，说自己的诗欠缺一种“潮润，清净，流动”的内在素质。他因此“渴望”能有像汪曾祺的“那种充沛着‘水的感觉’能滋润心灵的作品”[①]。牛汉在说到自己诗的缺点的时候，提到卞之琳。说卞先生在世的时候，一次拜访中，对牛汉诗在肯定的同时，也说到“粗”的不足。牛汉说，他曾想改掉这个“毛病”，却发现很困难；最主要的是，朝着“精致”的方向努力的结果，是发现自己不大像自己了。

这个问题或许可以分开来看。一个是存在某种诗艺上的缺欠；牛汉在这一点上的诚恳，证实着这位诗和生命的“永远跋涉者”的不倦心态。另一个则是，“粗砺”“狂躁”在这里其实也是“风格”，它承载了那些精致的雕刻品不易，或难以有效承载的感受、经验，那种让读者难以释然的“永远的沉重”[②]的历史感。牛汉意识到自己的局限，不过，他也意识到在有关“粗砺”与“潮润”，“狂躁”与“水的感觉”的选择问题上，并非都可以依人的心愿随意左右。正如牛汉给莫文征诗集作的序所说，“自己的形体不能由自己安排，只能被动地

① 《谈谈我的土气》。

② 《埋葬：永远的沉重》是牛汉写70年代干校生活的一篇文章的题目。

去承受命运的安排和删改”；这样，缺欠文字的鲜亮、甜蜜，就难以一概看作是“个人的贫弱和无奈”，倒是可以“从中真切地感知历史的荒诞和悲伤”[1]。

五

卞之琳的诗歌，他在新诗史上的地位，从20世纪90年代后期以来发生很大变化。他的价值得到确认，这是对过去评价的偏颇的必要校正。在诗歌写作上，关注“小”，回避大题材、大主题，从平淡、琐屑事物中发现、提炼诗意和心智，获得超越性的结晶，是卞之琳诗艺的核心。不过，对卞之琳等为代表的这一“诗艺线索”的推崇，也出现某种偏颇，并影响到近年诗歌写作的取向。在一些批评家和诗人眼里，似乎这一“诗艺线索”是新诗史最高成就的部分，是新诗美学价值构成的基本支柱。这是另一种偏颇。

最近，姜涛在一篇文章中，表达了对这个偏颇的忧虑[2]。他借肖开愚的一首诗（《下雨——纪念克鲁泡特金》），讨论诗歌写作如何参与到“历史”中的问题。文章中，他从诗

① 《历史的沉思和信念——序莫文征诗集〈芽与根的和弦〉》。

② 《巴枯宁的手》，载《新诗评论》第11辑，北京大学出版社2010年版。另见姜涛诗论集《巴枯宁的手》，北京大学出版社2010年版。

人、诗与历史建立何种关联的方面，来重提卞之琳的名篇《断章》（“你在桥上看风景/看风景人在楼上看你/明月装饰了你的窗子/你也装饰了别人的梦”）：

> 在卞之琳的眼中，风景既是骨肉丰满的西洋油画，又是一些轻描淡写的中国线条。人生在世，感官经验会扑面而来，像巨大的蜂群让人难以招架，诗人的想象则是捕获形式的容器，让风穿过、水穿过、鱼和鸟穿过，剩下的则是空灵的心智，而大小、远近、古今、你我之类的诡辩只是一种容纳并淘洗的技巧，这解释了为什么像元宝盒、白螺壳一类容器形象，一时间遍布了卞之琳的诗歌。……无论怎样，在芜杂流变的历史当中，诗歌的想象作为一种造型与抽象的能力,总是能脱颖而出,又将一切作为风景容纳。诗人的身份也从先知、情种、斗士或莽汉，一次次校正为智者。他在忍耐与观察中可以进行超越性的思考，获取内省的存在深度,通过心智的成熟,来消化、对抗外部世界……

姜涛认为，卞之琳式的诗艺，饱含了对现代历史特定的忧惧感：“历史不仅充满一种暴力，而且从本质上也无法信任，既然任何选择都是虚妄，在这个时候，智慧的、人道的心灵只能无奈地敞开，在自然性的伦理安宁中，享受刹那的永恒。”这种诗艺，表达的是一种虚无的人生观，美学观。

我们或许可以将这种诗歌美学看成落实于心智发现的，“从容”但也是疏离的美学，一种拒绝与流俗妥协，质疑按照理念创造历史的那种“积极主义”的美学。今天能够认识到这一美学路线有它的价值，毕竟是一种“进步”；这种“疏离”也是对“历史”的另一种参与。但事情的另一面是，新诗史不是只有这一种将历史抽象化、玄学化的传统，也有另外的，其重要性不逊（如果不说更重要）于此的传统。在后面的这个“诗艺线索”中，诗人将芜杂，充满暴力的历史化入自身的血肉，执着地追逐他可能触及的时代内容，而且将写作看作是一种参与、搏斗的行动——参与到对历史“真实”的探求，和社会价值重构的实践之中。也许可以这样说（虽然稍嫌简单），这里的分别是，一种是将芜杂、令人不安的历史、人事在精致的琢磨中“风景化”、情调化，让读者“在阅读中安放日常的失败感、挫折感”；另一种则是“在瞬间的紧张中提取新的激情，将失意或挫败转化为醒觉的可能”[①]。我想，从主要倾向上看，牛汉的诗歌应该属于后者。在一篇记述“干校”日子的文章里他说：

① 姜涛：《巴枯宁的手》。

> 有一年夏天，我的前胸和后背被烈日烤得爆了皮。……我把这张发着汗血味自己的皮，夹在心爱的《洛尔迦诗抄》里，……如果我的这张皮后来还在，我一定在上面写一首诗，装在镜框里，悬挂在我居室的墙上，那的确是一幅真正有血有肉的命运的图像。①

因此，牛汉对他人，也对自己这样提问："诗人，你敢于写出毕加索眼睛里的那种绝望和憎恨吗？你敢于写一首比绝望和憎恨更强烈更庄严的希望之歌吗？"②

但我无意将事情简单化，将有分别的诗歌理念和实践绝对分割并将之对立，也不赞成离开具体诗歌文本来判断其间的高低优劣。相信在这一点上，牛汉也持一种开阔、包容的态度，不会将有差别的生活、历史态度简单化，更不愿将生活与诗艺追求混为一谈。对艺术虔诚的写作者而言，他们的关注点，其实已经超越这种题材、社会功能、历史关联方式上的对立的困扰。在他们那里，紧要的是诗人心灵、创造力的强度，是他提取、熔铸经验，并进而"粉碎、重造经验"的能力。思想、艺术的超越性总是他们的目标。就如受到赞赏的《空旷在远方》

---

① 《谈谈我的土气》。

② 牛汉：《毕加索最后的自画像》。

那首诗写的：

空旷总在最远方
那里没有语言和歌
没有边界和轮廓
只有鸟的眼瞳和羽翼开拓的天空
只有风的脚趾感触的岸和波涛
空旷是个恼人的诱惑

2010年岁末，北京蓝旗营

附记：诗人冷霜来信，说他读我的这篇文章的时候，“恰好重新看到朱自清《新诗杂话》中《新诗的进步》结尾一段话，‘现在似乎有些人不承认这类诗（按指臧克家30年代的诗）是诗，以为必得表现微妙的情境的才是的。另一些人却以为象征诗派的诗只是玩意儿，于人生毫无益处。这种争论原是多少年解不开的旧连环。’如您所说，这两路都已是新诗史的传统，而其间（伴随不同历史情势）的争论或摆荡似乎也构成了一个‘传统’，怎么看待这个传统我觉得是个很有意思的问题。……”

2010年12月29日

商禽、张枣、许世旭的诗[①]

今天要谈的三位诗人，是商禽、张枣和许世旭。大家可能会问，为什么把他们放到一起？一位是台湾的，一位是大陆的，许世旭却是韩国人；他们也不是同“世代”的作家，彼此的风格也很不一样。我把他们放在一起，出于一个简单的理由，那就是他们都是2010年去世的，用中文写作的诗人。许世旭虽然是韩国人，但他的许多作品都是用中文写的——当然他也有大量的韩文作品，他用中文写的诗、散文，在他的创作中占有很大分量。这三位诗人在2010年离开了我们，他们的去世引发了我的一些感想。商禽是2010年6月27日凌晨去世的，享年81岁。许世旭7月1日，76岁，张枣去世比他们早几个月，3月8日，但他最年轻，48岁：这应该是年富力强的年龄。

① 根据北京大学“当代诗歌与当代文化”（姜涛主持，2011年10月）课上的录音整理修订。

在我们的时代，诗歌确实很边缘了，所以，即使很有成就的诗人的离世，也不会引起媒体、大众的关注。例外的情况，大概只在一种比较特殊的情况下，比如杀人或者自杀，正如20世纪八九十年代的海子、顾城和戈麦。我所以要拿诗人的死作为话题，主要是前些年发生的事引发的感慨。昌耀先生是2000年去世的，我不是个不读书不看报的人，可是过了许多日子才知道这个消息。昌耀在当代中国大陆（先不说台湾），应该是数一，或数二，至少是数三的诗人了，可是却走得悄无声息。另一位著名老诗人蔡其矫先生，他2007年1月3日凌晨去世，当天上午有朋友告诉我。虽然他年事已高，享年89岁，但因为上一年，也就是2006年春天我去福建三明参加一个诗歌会议，还和他、刘登翰一起到闽西北建宁的地质公园。他没有老年人的蹒跚，一起坐船爬山。因此听到这个消息还是感到突然。晚上我就给和蔡先生同是福建人，而且他们之间很熟的首师大教授王光明打电话。他后来有一篇文章说到这件事：

今年1月3日凌晨2时，诗人蔡其矫因脑瘤在北京逝世。我是当天傍晚从北京大学教授洪子诚先生的电话中得到这一消息的。晚上，我打破自己的习惯，在网络上搜索关于蔡其矫逝世的消息，不见任何报导。我再向中国作家协会一位副主席打听中国作家协会对蔡老丧事的安排，不想他还是从我的口中才知道此事。

我顿时木然。蔡其矫的逝世不该这样无声无息！之于当代体制，他是1938年的“老革命”；之于中国诗坛，他是当代屈指可数的真正有成就的诗人。一个多么热爱生活的诗人！青春永驻的诗人！走遍了中国的千山万水，献出过那么多才情洋溢的诗篇。他天真可爱得像一个儿童，2004年2月14日情人节，已经86岁的蔡其矫，穿着红衣服站在福州的大街上，向每一对身边走过的情人分发诗集和玫瑰。……

王光明说到的中国作协副主席，我猜是张炯先生。张炯也是福建人，北大中文系55级的。说蔡其矫是“老革命”，是指他8岁随着家人移居印度尼西亚泗水，20岁回国参加抗战，到了延安，进鲁艺学习，40年代在晋察冀边区从事革命文化工作。至于说到他情人节在福州的大街分发玫瑰，这是确实的。我在网上就看到过这个情景的照片，穿大红颜色羽绒服的蔡先生，向一对情侣赠送红玫瑰。照片中的女孩子露出惊讶，也满心欢喜的笑容。蔡其矫是个爱美的诗人，爱美丽的女孩子，爱美丽的山水；从朴素的人道精神出发，保护美的不被破坏，不被损毁——这在他的诗里看得很清楚。前些年在北京的一次晚宴聚会上，蔡先生原来坐在后面，看到有新疆漂亮女孩子的歌舞表演，就把椅子搬到最靠近表演的地方，……结果是，会场几乎有一半的人不是在看歌舞，而是在看那看女孩子的蔡其矫:看他的旁若无人，他长时间的目不转睛。这让我想起张枣的两行诗：

> 我直看她姣美的式样，待到
> 天凉，第一声叶落……
> （《灯芯绒幸福的舞蹈》）

王光明其实也不要过于伤心。蔡其矫不是歌星，不是名伶，在人大，政协，中国作协等机构好像都没有什么实际意义的官职——可能有一个福建作协名誉主席的头衔吧，我记得不大清楚。他被人称为“独行侠”，独来独往的。对他的去世的反应，正好是这个社会给予一个“疏离者”的合适“待遇”。在将高占祥先生（前文化部长）封为“中国桂冠诗人”的地方，真的不应该为这样的遭遇感到奇怪。不过，相信他的读者和倾听者会记住他，会有另外的纪念方式。说到底，诗人和这个世界，和他的读者最牢靠的只有以诗联系，其他的一切都是虚幻的，其实不是很紧要。这正如爱尔兰诗人希尼的话："在某种意义上，诗人的首要职责，是允许诗歌再次发生"。

对于诗歌处境，前一段时间常常引起争议的德国学者顾彬教授，在他的文章里有这样一段话：

> 人们都在谈论诗歌受到的危害,在中国,甚至谈到了"诗歌的危机"。真的，到了20世纪，诗歌，这所有文化中人类精神史的发轫者，似乎走到了末日，政治与媒体看好的只是大众，而大众并不需要诗歌，于是，诗歌艺术这一门类便由于内在的美学原因走向了边缘，站在自绝于人的悬崖上。但更令人吃惊的却是：在21世纪来临之际，诗人并未死绝，而且，尽管现代诗高蹈晦涩，复杂难懂，读者乃至倾听者，仍有人在。甚至中国现代诗也是这样，……

他讲到这里，都还是入情入理，真知灼见，接下来这些话就有点不太靠谱了：

> ……只是似乎出现了一个重心的转移：读者和倾听者与其说在中国，还不如说在国外，对中文诗关注的人与其

说是中国人，还不如说是洋人。为何？因为西方至少知道资本主义仅仅只是生活的一半，而在中国，市场经济作为生活方式刚刚被允许，人们不想知道那另一半是什么。物质的利欲熏心导向自我麻痹的可能，而不是导向诘问。现代诗，或准确地说当代诗，正是这诘问的表达……

我说“不靠谱”，是因为在中国，也不像他说的那样，就不存在想知道生活“另一半”的人，这样的人其实也不少，也不全都那么利欲熏心。诗歌还是有许多读者和倾听者。想知道那“另一半”的人的忧心，不比顾彬教授少许多。顾彬这些话说在十多年前，不知道现在看法是不是有了改变？当然，诗歌的读者、倾听者是无能为力的一群，他们无法呼风唤雨，没有办法阻挡世界的总体走向。能做的也就是和其他人一起，分享读诗的感受、经验，在忙碌、焦躁之余，用一点时间，静下心来温习离我们远去的诗人留下的诗篇。

一、商禽：负伤的鸟

先来说商禽。他本名罗燕，“商禽”是1960年才开始使用的笔名。他去世后，台湾诗歌界为他在台北举行了追思会，参加的人很多。台湾的《创世纪》诗刊和《文讯》都出版了纪念专刊，不少诗人、读者和他的朋友，像张默、马悦然、向明、楚戈、辛郁、管管、碧果、尉天骢……都写下了动情的文字。还详细编集了他的作品目录，对他评论、研究的论著篇目。因此，我想他是幸福的。我最早读他的诗是80年代初，就是那些现在仍被看作是他的代表作的《长颈鹿》《跃场》《灭火机》《逃亡的天空》等。“超感”的意象和奇崛的字词、句式，当时让我惊讶。但我对他的创作研究很不够，这里只是谈几点印象。

首先是诗人的生活经历和他的作品的关系。从宽泛意义上说，“人”和“诗”自然密不可分，但是情况也有不同。朱光潜先生30年代说过，“有些诗可以从文字本身去了解，有的诗非先了解诗人不可”（《文学杂志》第1卷第2期《编辑后记》，1937年）。也就是说，有的诗人的作品是自己生命、遭际的直接投射；诗和人构成了互补互证的关系。牛汉、绿原、昌耀等诗人都属于这一类，商禽也是。所以，牛汉先生将他的诗看成“生命的档案”，绿原为他的诗论集命名《人和诗》，商禽也坚决认为，“由人所写的诗，一定和人自己有最深的关系”。另一类诗人，他们的作品和生活经历的联系就不是那么直接，有的还可能回避诗的直接人格化。读后一类诗人的作品，“传记”因素的加入就不是那么重要。比如姜涛老师、臧棣老师的诗，读他们的诗好像就不大必要苦苦追索、考证他们的经历，他们的生活细节，况且他们也有意无意神秘化自己，隐蔽“自我”；他们不大信仰诗是诗人的“自叙传”或“自我表现”这类浪漫主义的诗歌信念。而商禽这样的诗人，在人和诗的关系，还有另一层面的含义。他们的生命和诗歌写作，联系着现当代动荡变迁的历史进程；他们的生活颠沛流离，就是镶嵌在20世纪的战争、动乱、政治运动之中的。这构成了20世纪新诗写作与时势紧密纠结的独特“风景”。随着他们的离世，这道“风景”也将会逐渐消失，成为“历史”。

当然，强调他们“诗”和“人”的这种难以分割的关系，也不是把这个问题绝对化。也就是说，即使对待他们，也要避免走入在写作上崇拜个体生活经验，和在阅读上依赖诗人传记的误区。台湾年轻诗人叶觅觅，就对商禽诗歌通常的“传记式”读法有所保留。她写的追思商禽的文章——文章题目叫《他的猫将会继续穿墙，他的催眠将会继续遥远，他的脚将会继续思想》，这个题目的三个短句，来自商禽的三首诗《穿墙猫》、《遥远的催眠》和《用脚思想》——叶觅觅说，“我们应该仔细触摸那一行一行从他笔下流出来的看似超现实的现实，而不是去哀叹实际发生过但是我们不在场的他们的现实。”还说，“我宁愿用比较纯粹的，艺术的视角来欣赏商禽的诗，……而非用他颠沛流离的人生去揣度。”这里的根据是，商禽诗歌的成就，不仅依靠他的生活经验，更重要的是他具有改造、转化、提升和发现的强大的艺术能力。

商禽1930年生于四川珙县。1945年15岁当兵，他“当”的不是共产党的八路军、解放军，而是国民党的军队。后来随军到过广东、湖南、云南，多次从军中脱逃，又被抓回，自己说有六七次之多。1950年，国民党军队溃败从大陆撤退，他也从云南经海南岛到了台湾。大概因为不那么规矩，不肯受军纪管束，多次被关禁闭、拷打。当了20年的兵，1968年退役时还只是个上士。

这里，我想到一个有趣的现象，就是在20世纪的五六十年代，大陆和台湾不少写诗的年轻人都是军人。大陆的有闻捷、公刘、白桦、李瑛、周良沛、张永枚、顾工、梁上泉、高平、雁翼、未央、胡昭等。台湾的除商禽外，还有郑愁予、辛郁、梅新、洛夫、楚戈、管管、痖弦、张默、周梦蝶、大荒也都是行伍出身。为什么会出现这样的现象？是那个年代不少有诗的潜质的青年人都主动、或被迫入伍，还是军旅生活有助于情感、想象力的开发？当然，虽说都是军人，他们之间的世界观、诗歌观念、艺术资源却差异极大，诗歌意涵和情感性质也大相径庭。诗人都是对时间敏感的人，两岸行伍出身的诗人，在“时间观”上重大的区别是：一群认为自己是时间的主人，他们以时代驾驭者的身份，写作真诚，也嫌单薄肤浅的“创世纪”之歌。另外的一群则强烈感受到被时代遗弃，他们肩负着巨大压力，“以诗抵御时间无尽无止的侵蚀”（陈芳明《商禽之秋：纪念他，不如读他一首诗》，《文讯》2010年7月）。有评论家将商禽的名字解析为“负伤的鸟”，那么，让他“负伤”的正是他所经历的时代的“无尽无止的侵蚀”，是无力把握支离破碎的现实的废然绝望。

商禽退役后，生活拮据艰难，当过出版社编辑，在高雄当过码头工人，跑过单帮（从高雄贩卖丝袜和进口香烟到台北），卖过牛肉面（少人问津而亏本），开办过家庭托儿所。直到80年代当《时报周刊》编辑，生活才算比较安定。商禽说，他从小就是一个逃亡者，以前为了生活，为了逃避死亡逃离，晚年则为抗拒病魔逃离。他晚年患有帕金森症。身体、灵魂受到的禁锢和逃离禁锢，对自由的渴望和渴望的受挫，是他的诗的持续性主题。他的诗风，和台湾早期的诗人杨逵有相近的地方：瘦、硬、冷峻。就像商禽在《杨逵素描》里写的那样：

干瘦的双腿
盘坐在
光洁的竹席
同样有嶙峋的骨与节
都是只能折断
而无法弯曲的

不过商禽的着力点，不是杨逵那样直接的社会批判，他聚焦的是人被囚禁——肉体的和心灵的，被囚禁和自我囚禁——的悲剧命运，和在无法逃离的处境中个人尊严、精神自由的坚守。说到商禽诗中构筑的“悲剧性处境”，我想起《文讯》追思专刊的名字。他们给这个专刊起名“梦或者黎明”：这是商禽一首诗的题目。“或者”这个连接词在他的诗中很重要，除了“梦或者黎明”之外，还有“门或者天空”“哭泣或者遗忘”。在另一些诗人那里，比如蔡其矫、牛汉，对立性的命运、情境，被处理为明暗分判的两端。商禽不一样，它们的界限远不是那么绝对、清晰。“或者”表现了那种不稳定的交错和转换。他很有名的短诗《逃亡的天空》，就是在“超现实”想象中，揭示这种对无法挣脱的悲剧处境的刻骨感知：

死者的脸是无人一见的沼泽
荒原中的沼泽是部分天空的逃亡
遁走的天空是满溢的玫瑰
溢出的玫瑰是不曾降落的雪
未降的雪是脉管中的眼泪
升起来的眼泪是被拨弄的琴弦
拨弄中的琴弦是燃烧着的心
焚化了的心是沼泽的荒原

对商禽诗的另一点印象，可以引用翁文娴的一个观点。翁文娴是台湾成功大学教授，著名诗评家，也是诗人。她写诗用的是“阿翁”的笔名。她评说商禽的诗歌风格是，“他冻结了长久以来泛滥的、疲乏虚弱的抒情传统，像一支‘冷藏的火把’”（《进入事物内质的代价》，《新诗评论》第13辑，北京大学新诗研究所编）。“冷藏的火把”也是商禽一首诗的题目。感情自然是诗歌的支柱。但是，在中国新诗中，浮泛、廉价、泛滥无边的抒情总是太多，以至令人生厌。从一般情况看，与感伤保持距离其实并不容易；自怜、自恋也是人的本性，能让自我从感伤中得到某种满足，安慰。况且，从中国现代诗人的普遍性处境说，他们也有资格，有理由去感伤，去宣泄。不过，正像翁文娴所说，他们“在东西文化更迭交替、数百年战乱与贫弱中已然抒发得失去焦点”。商禽显然对感伤这种“疲乏的抒情”传统有清醒的警惕。他介绍自己，说“商”是奸商的“商”，“禽”是禽兽的“禽”，并以“你是一只现役的狗”这样不堪字眼自况。还写道，他“用不曾流出的泪，将香槟酒色的星子们击得粉碎”（《海拔以上的情感》）。这是一种“冷藏”（或急冻，或定格）的美学方案：芟除枝蔓，在“超现实”的变形中，实现对感情的控制和压缩，以逼近事物的骨干与核心。

商禽说他自己是“快乐想象缺乏症患者”，“我不但不了解莫扎特中的‘欢畅’，并且也卑视他”（《商禽诗全集·商禽诗观》，台北印刻文学杂志2009年版）。莫扎特当然单纯、欢畅，但也不纯然欢畅、单纯。听听他的慢板，特别是钢琴协奏曲的慢板，还有他的《安魂曲》就可以知道。我还是第一次听到有人说莫扎特的“坏话”，哪怕是贝多芬，有人不喜欢他（比如张爱玲）我也不会奇怪。在我印象里，莫扎特是个让已死和未生的人都感到亲切的作曲家。这样说倒不是要故作惊人之语。神学家卡尔·巴特说过，“当我有朝一日升上天堂，我将首先去见莫扎特，然后才打听奥古斯丁和托马斯，马丁路德、加尔文和施莱格尔的所在”（《莫扎特音乐的神性与超验的踪迹》第4页，上海三联书店1996年版）。而我们知道，打开购书网站，在胎教音乐CD中，莫扎特占有相当大的分量；母亲们放心地让未出世的孩子受莫扎特的引导。正像莫扎特不全然是欢畅，商禽也不全是痛苦，悲伤，绝望。有人将他概括为“悲伤至极的诗人”——台湾《中国时报》2010年6月29日刊出“悲伤至极的诗人商禽27日病逝”的消息——就只看到他“显在”的一面。如果耐下心来，在他的诗里，可以发现深藏的、而且深厚的，令人感动的温情。爱、温情、对温暖的期待，在他的诗中不是一种“配料”；可以不夸张地说，是他这些黑色的、悲苦冷峻的诗的核心。

我本来想和大家一起读他的《遥远的催眠》《穿墙猫》两首诗，时间关系，就念念《穿墙猫》这首吧。它是用散文形式写的。开头一段说，“自从她离去之后便来了这只猫，在我的住处进出自如。门窗乃至墙壁都挡它不住。”第二段是：“她在的时候，我们的生活曾令铁门窗外的雀鸟羡慕，她照顾我的一切，包括停电的晚上为我捧来一勾新月（她相信写诗用不着太多的照明），燠热的夏夜她站在我身旁散发冷气。”第三段：“错在我不该和她讨论关于幸福的事。那天，一反平时的呐呐，我说：‘幸福，乃是人们未曾得到的那一半。’次晨，她就不辞而别。”接着是：“她不是那种用唇膏在妆镜上题字的女子，她也不用笔，她用手指用她长长尖尖的指甲在壁纸上深深地写道：今后，我便成为你的幸福，而你也是我的。”

全诗这样结束：“自从这只猫在我的住处出入自如之后，我还未真正的见过它，它总是，夜半来，天明去。”

也许这里面隐藏着商禽生活里的某些“本事”？但这并不重要。在“它”和“她”，在实存与虚幻，在悲苦与甜蜜，在追悔和期待……之间，有着我们咀嚼的空间。翁文娴教授有这样的评语：它“是世纪最美的爱情故事：张力如此饱和，各方都哀伤至极点而无法戳破，无法挽回。如今，商禽（伤情）已过，漫漫长夜完结，穿墙猫是否会修炼成人在白昼走出来？”（《“怪味鸡”怀商禽》，《文讯》2010年8月第208期）

二、张枣：知音寻求者

张枣在德国的图宾根大学医院死于肺癌。图宾根大学是他归国之前学习和工作过的学校。他去世时，有一位诗人在悼念的诗（《悼念张枣》）中，引了约瑟夫·布罗茨基这样的诗句：“死神大手大脚，不知节俭”。在这件事情上死神的确出了差错，不该让年仅48岁的，并不厌弃这个世界的诗人过早离开。前些天翻他的诗集，看到有《死亡的比喻》，开头这样说：

死亡猜你的年纪
认为你这时还年轻
它站立的角度的尽头
恰好是孩子的背影
繁华，感冒和黄昏
死亡说时间还充裕

根据颜炼军做的年谱（《张枣生平与创作》，刊载于《新诗评论》13辑），这首诗写于1987年他在国外的时候，那年他25岁。我突然想到，不知道是什么原因，新时期以来不少年轻诗人，喜欢无所顾忌地写死亡，写衰老。顾城，海子，陆忆敏，西川，张曙光，王小妮……或者是认为生活和写作总归是两回事？或者是因为“死亡说时间还充裕”？就像诗人清平（他从北大中文系毕业后，长期在人民文学出版社担任诗歌编辑，主持“蓝星诗库”的编选工作）说的，“人最惧怕的是时间的流逝，和流逝中的某些改变，但在写作中，真正感到惧怕的人并不多。”不过清平说他自己却有顾忌，回避着这些意念、这些词语。他说，“毫无顾忌地写生死、衰老、疾病、凶器，尤其是心无芥蒂地写时光流逝，我在十多年前就办不到了。一个词，一种口气，一样东西，都会让我突然警惕，怕它在冥冥中损害我今后的命运。我所忌惮的，不单是时光变迁所暗含的某些逻辑结论，同时也包括了那些微露端倪而并不确定的词语谶意……”（《一类人》自序，作家出版社2007年版）。

《死亡的比喻》在涉及这个话题的时候，用的是一种满不在乎的语气。其实，它一直是盘旋在张枣心中的问题，是他需要面对的对象。这个话题，在他90年代以后的创作中得到延续。时间的压力是那些敏感、恃才傲物者的苦恼，就像他的朋友柏桦说的：“他的痛苦仅仅是因为时光寸寸流逝，因为死亡是无法战胜的，因为‘一江春水向东流’的青春将不再回来。”（《左边——毛泽东时代的抒情诗人》第119页，香港牛津大学出版社）。

在这三位诗人中，张枣是我唯一见过面的。那是在2000年12月，因为“新世纪”即将来临，对历史象征事件入迷的诗歌界，便在大连策划了一次规模很大的诗歌会议，打算演出诗歌界大团结、大胜利的仪式，还准备发布迎接新世纪的“大连诗歌宣言”。全国知名诗人、诗评家来了70多人，我也有幸被邀请参加。但是，这个宏伟的设想并没有成功。已经持续一段时间的，有关“民间”和“知识分子”的分裂、冲突，在会上继续发酵。24日我们去大连的时候，因为暴雪，飞机备降沈阳。在寒冷的沈阳机场，臧棣向我介绍芒克，问他是否认识我，芒克摇摇头；臧棣补充说，写当代新诗史的，读过吗？芒克一脸茫然：“没有读过。”第二天晚饭餐桌上，臧棣又用同样的方式向我介绍张枣。我的名字张枣可能有点印象，因为1998年出版的那套主编挂我的名字的“90年代中国诗歌”丛书（文化艺术出版社），收入张枣的《春秋来信》这个诗集。当问到是否读过我和刘登翰合写的“当代新诗史”时，他也一样茫然。在这次研讨会上，有诗人批评我的新诗史不公正。我便发言说，里面肯定有许多问题，但我又说，诗人其实不要太在意，也不要去读什么新诗史；在这方面，我要特别感谢从没听说过、当然也没有读过“当代新诗史”的芒克和张枣。我这样讲并不是想敷衍塞责，也不是为自己的偏颇辩护。那时我强烈感到，比起小说家来，诗人有不含糊的执着、认真，但也过于敏感，有太多的“文学史焦虑”；他们不明白，“当代人”写的“当代史”很多是靠不住的，很快就会被忘掉，我的“当代新诗史”也一样。

当时张枣留给我的，是有点顽皮的孩子的印象——不知道那个晚上他是不是酒喝多了。十年过后当我从照片上再次“见”到他，看到他有些苍老，有些浮肿的面容，失望，也有点失落。就想，和有的人见面，就像读有的书，只见过一面或只读过一次最好。张枣诗的数量不多，诗集也不多，有的是自印的。他不是有很多读者的那类诗人。“蓝星诗库”的《张枣的诗》收入作品130首，后来又发现了四五首。有的诗人写的很多，有的却是惜墨如金。商禽也写得少，《商禽诗全集》收167首，是他50年代开始持续60年的写作总量。在台湾诗坛中，痖弦，周梦蝶都是作品数量很少的。痖弦也是不到200首，事实上他可以说只有一本诗集《深渊》，其他的诗集可以看作是《深渊》的复本。今年诺贝尔文学奖获得者特朗斯特罗姆也是这样，中译本《特朗斯特罗姆全集》（南海出版公司2001版，李笠译）也只有一百六十多首。我当然不是说写的好的诗人就一定写得少，这样说没有道理，也不是事实。人与人是不相同的。不过，有才情的诗人也要警惕才情过度、随意地挥霍。

80年代读张枣的诗，如《镜中》《何人斯》和他稍后的《楚王梦雨》，有种很奇特的感觉。目前的诗歌界通常将他归入“第三代诗”的行列。他的这些作品，既没有北岛式的政治隐喻和批判激情，也不是于坚式的解构和日常生活琐屑碎片。里面有当代不常见的恍惚、唯美，来自潮湿南方的颓废，有着回想、追忆的悠长委婉，诗里也不难发现对古典意象和声音的借重。比如写在80年代初的《镜中》：

只要想起一生中后悔的事
梅花便落了下来
比如看她游泳到河的另一岸
比如登上一株松木梯子
危险的事固然美丽
不如看她骑马归来
面颊温暖，
羞惭。低下头，回答着皇帝
一面镜子永远等候她
……

又比如《何人斯》：

这是我钟情的第十个月
我的光阴嫁给了一个影子
我咬一口自己摘来的鲜桃，让你
清洁的牙齿也尝一口，甜润得
让你也全身膨胀如感激
为何只有你说话的声音
不见你遗留的晚餐果皮

空空的外衣留着灰垢

不见你的脸，香烟袅袅上升——

这些诗与当时许多人的写作很不同，有很明显的古典、传统的意象、情调。张枣和商禽的一些诗，的确晦涩、难懂，但商禽和张枣的“深奥”性质不同。商禽是那种怪异的“超现实”意象，那种奇想；张枣的情况，顾彬提到的原因是他追求艺术的简洁，说他“以简洁作为艺术之本”。克制，简明精确，使用的词不是可预测的，是陌生化的，而且这种陌生化随着文本的递进而加深。因而，这些看似随意排列的词语的统一，“只有最耐心的读者才能发现”。我觉得，和这个原因相关联的，还有来自他诗中自传性因素的处理方式。在将自己的经历、体验的细节写进诗里的时候，他并不想将解套的钥匙、密码（哪怕是一点线索）同时交给读者。当然，理解其中对古代诗文典故、意境的借用、转化，也是我们面临的另一难度。

这里牵涉到诗人对自己的基本定位。我们要问的是，张枣想象自己是个什么样的诗人？他在为谁写作？有什么样的诗艺理想？这是需要弄明白的一点。90年代，他有这样的自述（我是从一篇文章中转引的：《一棵树是什么？》，收入《语言：形式的命名》第334页，人民文学出版社1999年版）：

我的那些早期作品如《何人斯》《镜中》《楚王梦雨》《灯芯绒幸福的舞蹈》等，他们的时间观、语调和流逝感都是针对一群有潜在的美学同感的同行而发的，尤其是对我的好友柏桦而发的，我想引起他的感叹，他的激赏和他的参入。正如后来出国后的作品，尤其是《卡夫卡致菲丽丝》，……与我一直佩服的诗人钟鸣有关，那是我在 1989 年 6 月 6 日十分复杂的心情下通过面具向钟鸣发出的……

显然，这个自述告诉我们，他不是要做一个“大众诗人”。这个判断有两方面的含义。第一是，他的写作不想主动触及人们关切的政治、社会时势问题，也不大想和涌动的诗歌潮流建立某种连接。另外一点是，他自觉不为“多数人”写作，不是为了被“多数人”阅读，他更愿意寻求知音。寻求知音的写作，是来自中国古典诗歌传统，这表现了张枣向这个“伟大传统”回归的取向。在文本写作上，他经常使用“对话”的诗歌方式；在诗歌交往、传播、阅读上，他的理想是获得“知音”的理解、激赏。因而，他的诗不是倾诉的，演说真理的，而是交谈和对话。这也是他的诗复杂的另一背景。从大的时空方面看，这种交谈、对话，涉及现在和过去，生者与死者，东方与西方；而具体的对话对象，则可能是朋友，诗人，文本，预设的读者，以至和另一个的我……。他这样高傲地说：“我将被几个佼佼者阅读。”——在他的心目中，有资格进入这个“佼佼者”名单的人数，不会太多。

这种在接续中国古典诗歌“伟大传统”上所做的探索的得失，需要细心辨析。无论如何，他质疑、“抵抗”那种单一的倾诉、宣讲、抒发的诗歌方式，重视交谈、对话在传达现代人复杂、多层次的体验、思考上的价值，就值得重视。但是，这样的诗歌经验哪些具有普遍性意义，可以加入到“诗歌方向”的方面，哪些是属于个体不可模仿、复制的个人风格，在判断上仍需慎重。也就是说，他的诗歌取向、诗歌方式的形成，既是基于他的诗学理想，也由他的具体境遇所制约。在普遍性的诗歌意义与不可替代，复制的个人经验之间，有着复杂的交织需要厘清。在近现代，中国诗歌现代化进程的一个重要征象，就是诗歌开始扩张自己的功能和边界。它突破同好之间那种“知音”式的小圈子，走进更大的社会空间，不仅与个人生活，而且与社会政治，与更大人群的生活命运连接。顾彬教授（还有另外一些批评家）对中国汉语诗歌有一个理想性设定，他这样认为，“朦胧诗”的“意象世界和语汇选择”还依赖着西方和中国早期现代主义，还承担政治和社会的角色。他说，这就还不能理解成“纯语言或者纯汉语”。这里他含有对朦胧诗的“缺陷”的批评，也显然从一种诗歌方向上肯定张枣的语言的“回缩”。其实，在中国现代诗歌近百年的历史中，“拓展”与“回缩”一直是一组矛盾；它们都难以被互相取代：纯诗和不纯的诗，向公众发言的诗和寻求知音的诗，承担政治和社会角色与专注于语言的美和完善的诗，总是形成冲突，但也互为推动的条件。

讨论张枣的诗，还有一个问题不能忽略，这就是在国外的生活对他心理、写作产生的影响。他1986年赴德国留学、工作，到2007年回国到中央民大任教，二十余年间大部分时间生活在国外，主要作品也在这个时期完成。谈到张枣曾经旅居国外，有的评论使用了“流亡”这个词。我觉得在他身上使用这个词并不恰当，他出国学习工作和通常意义上的“流亡”无关。如果说“流亡”的话，商禽主要是他与社会现实的关系的层面，北岛则主要是政治性的“流亡”。张枣不是，他在国外的生活和写作遇到的问题，主要是文化、语言上的问题；虽然这对北岛他们来说同样存在。不过，张枣在国外遇到的又不是一般留学生的问题，他出国之前在国内诗歌界已经有了名气，又自视甚高，可是到了国外没有人知道这一点，无人赏识，变得无足轻重。他有一种心理上的落差，感到孤独，悲观。因此，在国外他常常这样介绍自己：“我是张枣，我是一个诗人”。他经受着这种孤独的压迫。张枣在自己的诗里也透露了这样的心理信息。余旸——他是我们学校中文系博士毕业的，本名余祖政，写文章和写诗都用余旸这个笔名——在他的一篇题为《重释“伟大传统”的可能与危险》（《新诗评论》2011年第1辑。北京大学出版社2011年版）的文章里，引了张枣写在国外的两行诗：

一百年后我又等待了一千年；几千年
过去了，海面上仍漂浮我无力的诺言

（《海底被囚的魔王》）

余旸说，这里面透露了无望、悲观。这个分析是有道理的。这里的无望，是对语言无法充分表达，也难以充分抵达倾听对象的无望。如果说，张枣出国之前寻求“知音”是基于艺术上的高傲，那么，这个时候对“知音”的寻找，就多少转化为承担和释放这种心理压力的意图。也就是说，寻求“知音”，“寻找对话”的性质、目标发生了转变。这个问题可以说是一个文化事件，或者一个语言事件。“语言事件”这个说法，是俄裔美国诗人布罗茨基提出的，他是在说明发生在20世纪的普遍性的文化现象。一些作家因为各种各样的原因，离开祖国生活在“异邦”，就出现了这样的情况：“他被推离了母语，他又在向他的母语退却”；开始母语是他的剑，然后却变成他的盾牌，他的密封舱。这样的难题、困境，相信也发生在布罗茨基身上。布罗茨基出生在列宁格勒（现在的圣彼得堡），1976年移居美国，在密歇根大学获得博士学位，后来加入美国国籍，主要用英文写作。张枣不同于布罗茨基，后者除了有强大的政治性背景（被驱逐出苏联）之外，还有张枣没有的那种强大的“性格能量”。美国作家桑塔格说的很好，“他着陆在我们中间，像一枚从另一个帝国射来的导弹，一枚善良的导弹，其承载的不仅是他的天才，而且是他祖国的文学那崇高而严苛的诗人威感。……他快捷、灵活地与其移居国建立联系”。桑塔格说，我们只要看看布罗茨基的行为举止，就不难发现他“仍是一个不折不扣、地地道道的俄罗斯人”；但是“他实际上又是何等慷慨地让自己适应我们，同时急于把他的意志强加在我们身上”。也就是说，这种强大的性格能量，表现为两方面的勇气：对移居国文化、语言上的适应，和对祖国文化、语言的传统的维护与坚守。这样的适应性和勇气，是张枣不完全具备的。这是张枣生活和诗歌中“悲剧性”的一面。

最后，我们用他的“知音”柏桦的一段话，来结束对这位优秀的诗人的谈论：

他或许已完成了他在人间的诗歌任务，因此，在他生命的最后几年里，他干脆以一种浪费的姿态争分夺秒地打发着他那似乎无穷的光景。新时代已来临，新诗人在涌出，他在寂寞中侧身退下，笑着、饮着，直到最后终于睡去……但极有可能的是，由于他的早逝，由于这位杰出的诗歌专家的离场，我们对于现代汉诗的探索和评判会暂时陷入某种困难或迷惑。

三、许世旭：跨“界”的歌者

台湾作家尉天骢写道：“今年（指2010年）的六七月是一个极不遂顺的季节，老友先后走了两个，先是商禽，接着就是许世旭。辛郁告知商禽去世的消息时，我们都想着老许一定会从韩国赶来台北送商禽一程，没想到不到两天，竟也传来他的死讯。”许世旭对我们来说可能比较陌生。他是韩国人，1960年到在台北的台师大中文系读研究所，到1968年先后获得文学硕士、博士学位。当年读研究所时，和叶维廉先生是同学。尉天骢说：

大学研究所的拘谨，使得他的学习呈现一片刻板，直到一个偶然的机会他认识了纪弦，开始了和商禽、楚戈等人的“鬼混”生活之后，人一灵活，语言的窒碍也就随之畅通起来；随意的交谈，随意兴的喝酒，路边摊的胡说八道，这一切相加起来，就使得老许整个变成另一个人。

（尉天骢《那个时代，那样的生活，那些人》，载《文讯·商禽文学展暨追思纪念会专刊》）

从此，许世旭便用韩文、中文写诗，写散文，写研究论著。在台湾的《现代诗》《创世纪》等刊物发表中文诗作，出版中文诗集。

过去，我零星读过许世旭的诗文，但比起商禽、张枣来，更不系统，也没有能形成明确的判断。在他去世之后，才有更多的搜集关注。在他离世后，大陆、台湾的诗人、学者都集中回忆、谈论他和异国诗人“打破国界共赏的文化生命”（叶维廉语），激赏他用中文写诗，与台湾现代诗人成为莫逆之交，参与台湾60年代的现代诗运动，推动中韩之间诗歌、文化的交往。在与异国语言、文化建立心神相系的联结上，许世旭做到的，恰恰是张枣遭遇的压力和困境。张枣坚持的是原先生活、身份、文化、情感的原点不摇动。因此，当许世旭说“不懂得猪耳朵就酒，因此韩国没有文化”，而且“每隔一阵子总要回来台湾住上几天，要不然他会乡愁得要死”的时候，张枣在异乡却异常孤独、郁闷，怀念他的亲人：

她的清晨，我在西边正憋着午夜

（《祖母》）

但我的这些描述可能只是表面的，印象式的。我要说的是，对不同诗人而言，他的推动力、资源都是难以比较的；他们的成就也难以用同一的尺度来衡量。我们对诗人的阅读、纪念和评价，只能一个一个进行；喜欢笼统概括的这种风习，有时候是对他们的不够尊重。

纪弦、梁秉钧、牛汉的诗[①]

《诗建设》杂志开设了“百年新诗：精神和建设的向度”的论坛。这是很重要的题目。不过这个问题很大，想了一些时间，不知道该从什么地方说起。无奈之下，只好讲一些具体的人和事。

三年前，也就是2010年，有三位用中文写作的诗人离世，他们是商禽、张枣和许世旭。之所以说“中文写作”，因为许世旭是韩国人。但是他青年时代在台湾求学，参与台湾60年代的诗歌运动，与大陆和台湾文学界关系密切。他的不少诗和散文是用中文写的。为着纪念他们，那一年我写了题为《纪念三位诗人》的文章。今年又有三个著名的中国诗人离开我们，觉得应该续写我的纪念。

---

① 原题为《纪念三位诗人：纪弦、梁秉钧、牛汉》。

一、纪弦(2013年7月22日去世)

三位诗人中，纪弦最高寿，101岁。说他是“跨世代”，一点没有修辞的意味。我们现在谈论新诗史，总会在某个段落提到他；30年代的路易士也许不如戴望舒、杜衡、徐迟知名，但是50年代台湾的现代诗运动，纪弦是重要人物。当年，他虽然经济拮据，却独资创办了《现代诗季刊》；诗人常常是不计成败得失的痴心者。在50年代，犹如奚密教授所言，他是新诗在台湾的播种者，也是现代主义风潮的引领人。1956年成立“现代派”发布的《现代派六大信条》，当时和后来最具争议，引人诟病的，是主张现代诗应是“横的移植，而非纵的继承”。在今天，指出其中的偏颇不是难事，不过还是要肯定这些主张、努力的功绩。这还不仅仅是历史评价的公正问题。新诗行进途中“现代”与“古典”的关系，不是非此即彼的选项，这是诗歌“现代”过程的内在矛盾，是“不断‘现代’”的要求和这个要求面临“不断困境”的争执和调整；并不是可以截然切割然后赋予简单价值判断的。

说到纪弦先生的诗，很惭愧，我手边没有一本他自己的诗集。读他的诗主要是在80年代，是借助多种合集和选本。当时印象最深的，一是《阿富罗底之死》等对现代文明的批判，另一是《狼之独步》《摘星的少年》中那个孤傲，特立独行的形象。80年代的大陆，高扬着主体性，对现代文明也有热切期待。纪弦诗中写的现代文明对美的切割、摧毁，当时我们的感受并不那么痛切，而“我乃旷野里独来独往的一匹狼”，则确实得到很多的呼应。

我当然没能见到纪弦先生，他70年代中期就移居美国，也从没有见过他的照片。从诗艺上，说纪弦是“现代派”，其实他有更多的“浪漫”气质；诗里的自我抒发，“说诗人”（套用卞之琳先生的概念）的自传特征，为我借助他的诗来推测、构想他的音容相貌提供可能。“拿着手杖7，咬着烟斗6”（《6与7》）；“一小杯的快乐，三两滴的过瘾”（《一小杯的快乐》）；“我不过才做了个/起飞的姿势，这世界/便为之哗然了”（《鸟之变奏》）——便想，他是高瘦的身材了，嗜酒，成天咬着装板烟的烟斗；狷介、高傲……他故去的消息传来，不禁动了印证我这些拟想的念头，就从网络上搜寻他的相片。最感亲切的是他的自画像，有点像梵高的自画像——那简直就是我心目中的纪弦。但是同时也看他百岁寿辰，头戴花冠与他亲属的合影。长时间盯着它，心中有说不清的难受。照片呈现的情景，也许并非纪弦所愿？即使是倔强、高傲、睥睨流俗的“摘星者”，也会有无法自主，任由他人“摆布”的一天？——尽管他的亲人纯粹基于好意。我不由得又想起《6与7》这首诗：“手杖7＋烟斗6＝13之我”——“一个最最不幸的数字”。纪弦说这是“一个悲剧”。但他写这首诗的时候，字里行间流露的更多是狷介式的调侃；待到真正感受悲剧，大概便不会有这样的文字写下。生活和艺术虽有关联，但确实是两回事。我终于明白了我们这里，为什么写年老，写死亡的诗，总是出自既不老，也离死亡遥远的年轻人之手的原因。

一段时间，我曾经有过这样的念头，觉得纪弦的创作只有文学史的意义了。在他辞世的时候重读他的诗，我为自己的虚妄深感羞愧。

二、梁秉钧（2013年1月6日去世）

细细回想，和梁秉钧（也斯）先生一共见过三次面。最初一次是1997年夏天，王光明（那时他是福建师大教授，还没有到北京任职）在武夷山主持了一次颇具规模的新诗学术研讨会。来了许多新诗研究者、批评家和诗人。“三个崛起”（谢冕、孙绍振、徐敬亚）都到齐了，诗人有翟永明、王小妮、臧棣，台湾有萧萧、白灵，还有德国的顾彬和荷兰的柯雷。香港来的是梁秉钧。次年，我到香港岭南大学中文系访问，再次见到他；当时他是中文系主任。我经常把自己想得年轻而把别人看得太老，便以为他和我是同辈人（实际上他比我整整年轻十岁）。对这个误解我向他道歉，他笑着说，没关系，我头发少，显老。最后一次见面，是2009年年底人民大学召开的国际汉学大会。我和“汉学”本来没有一丝瓜葛，但最后一天（11月1日）有一个圆桌会议，主持人王家新说“你来吧”；我便在会上做了“谈文学的焦虑症”的八分钟发言。11月初在北京下那么大的雪很少见，赶到会场，已到开会时间。我还没有落座，梁秉钧从很大会场的另一边绕过来问候，握着他温暖的手，让我十分感动。

武夷山会议梁秉钧说什么已经记不清，但我保存着会上的一张照片。记得是在谢冕讲话之后，我的一个插话、提问，引起一片笑声。照片记录的，便是坐在我前面的梁秉钧转过头来的笑脸：这是天性本真的诗人才有的那种快活。在这次会议上，对90年代诗歌的评价是争议的问题之一。曾是诗歌革新运动举旗人的谢冕、孙绍振，对90年代诗歌当时有严厉批评，谢冕发言题目便是“诗正离我们远去”。他说现在许多诗写的都是“自我抚摸”。他说的情况是存在的，但不是事情的全部。我禁不住便有一个提问。我说，40年代闻一多有将艾青和田间放到一起比较的短文，说田间已经和人民大众结合，而艾青还是小资产阶级知识分子的立场；艾青诗中写“太阳向我滚来”，闻先生说，你让太阳向你滚来，你为什么不向太阳滚去？我仿照闻先生的这个说法问谢冕，你说“诗正离我们远去”，为什么不说“我们正离诗远去”？笑声便由这些话引起。

不论是什么时代，总是鱼龙混杂，诗歌也是这样。其实，90年代诗人有许多优秀的成果，他们中的一些人，因应时势变迁，正在深入探索、调整着诗歌与历史，诗与人，语言实践的意义，诗歌的艺术方式等问题。就在这次会上，王小妮便有题为“木匠致铁匠”的发言（后来我才知道，发言是她1996年的同名文章的一部分）。木匠（诗人）在与铁匠（小说家）的对话中，对作为职业的诗歌写作，和作为社会身份的诗人角色提出怀疑。她这个“木匠”，表达了钉死自己的铺子，“自弃”地脱下木匠围裙，走向绿色田野的心愿，以摆脱被职业、被身份的禁锢，实现内心的自由……但是，她的发言在会上没有得到应有的关注。我们有些迟钝；或者是没有耐心，或者欠缺敏锐，对变化着的事物常常懵懂无知。

这次会议之后，梁秉钧先生就陆续赠我他的诗集：再版的《雷声与蝉鸣》，香港作家出版社的《梁秉钧诗选》，我又找到收录他近些年诗作的《东西》。读着读着，就有奇妙的发现：大陆诗人需要申辩和跨越的，对梁秉钧他们来说，好像并不存在什么费力的门槛。他们或者早已关闭了木匠铺，或者就没有过成年累月与锯子、刨子、木料厮守的日子。诗歌写作在他们那里，可能几近于王小妮描述的那种状态："木匠到了野外，浑身都得了眼睛，浑身都得了耳朵。向远处走，又见到快成材的树干。拍拍它们，多像拍一条硕健的马腿。……"

梁秉钧是教师，是学者，是多媒介艺术的探索者，也许还是美食家、旅行家？写诗是他生活的一部分。"一部分"在这里有两个意思：他生活着写诗，不是为诗活着；诗的写作来自他生活里的发现，"浑身都得了眼睛，浑身都得了耳朵"，他感受到他说的"发现的喜悦"，这也不纯然基于诗的理由。抽象的命题很少是他写作的起点；"爱情太麻烦了/煮菜比较可以预料"。他尊重具体事物；事物在他那里，不是（诗人）附属品。观看者、写作者与对象之间，建立了尊重、专注、细心体察、对话的关系。他的美学是可以称为"适度"的美学，"在虚渺的句子中找到现实的细节"，而"在实在的描写中看见一点空白"（《有关翻译的通讯》）。由于感觉、知识的交汇，时间空间的跨越流转，他获得多重的视角，他用温婉的词语，让我们看到习焉不察的事物的本相，和其中蕴含的哲理。在《林徽因梁思成寻觅山西古寺》这首诗里，梁秉钧感谢道：

……你的目光从麻木中救出
古老的线条，带我们仰望斗拱和屋檐
在千年的昏沉下看出曾有过的智慧

我们也要感谢也斯，感谢他拂拭去寻常事物上落满的灰尘，让我们见识它们生命的色彩，伦理的光泽，化解世事的纷扰纠缠而试图达到单纯澄净……

摩挲一个葫芦瓜
逐渐在时间里发出光泽
爱抚一截树干
直至那里露出野兽的嘴巴和四肢

——《家用器皿》

三、牛汉（2013年9月29日去世）

和牛汉先生见面的机会比较多，但也都是在会议，在各种诗歌活动的场合。今年2月初，我到了台湾新竹的交通大学，准备在那里上一学期的课。给我看家的学生后来告诉我，大年初一（或初二），牛汉先生往我家打电话问候拜年，他说要感谢我，在电话里和他从未见过面的学生谈了很长时间。他说身体越来越差，做不成事了，语气中流露了在他那里少有的焦虑和愁苦。听到这个转达，我心里很难受，很不安。我知道每年10月他生日时，刘福春、林莽他们都会到他家祝寿，就想回到北京，今年我一定也要去参加。但这个愿望已是无法实现。

9月29日上午，我是从臧棣的邮件得知他去世的。臧棣传来他的悼念诗，开头几行是：

> 因为我们生活需要
> 新的挖掘，你悼念过一棵枫树——
> 它是被砍倒的；在被砍伐之前，
> 时光已为它的美丽，
> 向我们支付了足够的租金。
> 但相比之下，恶，作为一种贿赂，
> 向历史的平庸支付了更多的赎金
> …………

初识牛汉先生而印象深刻的一次，是1994年4月。在北京北海后门附近的文采阁，《诗探索》有一个小型会议，借我和刘登翰的《中国当代新诗史》（初版本）出版，讨论新诗史写作的问题。郑敏、牛汉、邵燕祥、谢冕、吴思敬、西川、唐晓渡他们都参加了。牛汉发言对我在书中将他归入“七月派”很不满意，急冲冲说，“我不是七月派，没有七月派，50年代就不存在了”（大意）。我颇感意外，心想，这个流派其实是你们主动建构的，要不为什么编选出版《白色花》。虽是晚辈也想争个究竟，中间休息便和他说，不放到“七月派”，把您放到哪里啊？总不能按姓氏或生年一一排列吧？他宽厚地笑笑，没有回答。后来从朋友那里得知，其实他针对的，是当时因时势引发的朋友之间的龃龉、冲突，大概是道不同不相为谋，不愿同居一个屋檐下吧。不过，由于他这个提醒，我意识到文学史在类型划分上的不可靠；这是后来写作时经常警惕的。

在老一辈诗人中，牛汉得到不同世代、不同艺术追求的诗人的普遍敬重、喜爱；这种情况并不很多见。他为人真诚，而且天真，刚正不阿，少世故；诗也体现了这一品格。对他的诗的评价，大家也相当一致。刚烈，汗血诗人，诗和生命一体——是提到他的名字就会想到的词语。他的诗有着鲜明的当代历史行进的印痕。他表现了被残害、遭毁损生命不容亵渎的尊严和不屈的悲剧的美。需要补充的一点是，他的许多散文也写得精彩，但相比起来受到关注的程度不够。

将他与“温柔敦厚”这样的词联结，大概会认为是对他的贬低。但是我要说，刚烈而外，柔软、温厚、大爱其实是他生命的本质，性格的根基。与朋友的友情、对年轻人的爱，关心，对包括自然界在内的美丽生命的呵护，出自他的内心。读读他的诗《麂子》《悼念一个枫树》《路翎和阳光》吧，读读他的散文《一首诗的故乡》《一个钟情的人》《埋葬：永远的沉重》吧！我想起《牛汉诗文集》出版研讨会（2010年11月29日）上台湾吕正惠教授的发言。他说牛汉对受难、悲苦的人的安慰，是一种孩子式纯真的安慰。吕正惠在他谈音乐的书（《CD流浪记》）里，也是用类似的方式谈莫扎特的。说莫扎特表现的悲哀，是一种孩子式的，“纯净的悲哀”。我相信阅读牛汉诗文得到的这个感受，不是牵强附会。读牛汉的一些文字，有时候你真的也像面对莫扎特——比方说，内田光子在以色列文化大厅弹奏15号奏鸣曲——那样，因真诚、纯净而禁不住要流下眼泪的。

姜涛深刻地分析了中国新诗处理历史的两个不同面向：一个是将芜杂、充满暴力的历史化为自身血肉，将写作作为对历史参与；另一个是将历史玄学化、抽象化，是落实于心智的疏离的美学（《巴枯宁的手》）。按照这样的划分，牛汉当是前者，而倚窗“看风景”的卞之琳则属后面的脉络。但是，我注意到，牛汉，特别是他晚年，却在文章、在谈话里，多次衷心表达了对卞之琳，对汪曾祺诗艺、美学的向往和赞美。他说他是属土的（他出生在西北黄土高原农村），却歆慕那流动的、柔软的水。在悼念卞之琳先生的诗里他这样写下先生的“明澈的眼神”：“苍茫而空旷的天空，/望见一束闪闪烁烁的电光，/很高，很远，很美，/仿佛从宇宙的心底，/绽放出一朵素净的花。”还说，他眼角的泪珠，“如他雕出的诗句在闪烁”。

牛汉的这种倾慕，既表现了他宽阔心胸的、没有芥蒂的包容力，也表明真正于诗、于艺术的虔诚者，看待诗歌和诗人的方式和我们可能不同。他们可能不太在意区分我们有关“重要性”的区分，不大在意大与小、介入与疏离、壮烈与柔美之间“价值”的分配、比例。他们有我们没能理解的灵犀相通的基点。

“百年新诗”的精神和建设的向度，肯定有一些共通性的重要问题，但是也有许多难以化约的个别经验。这需要我们在具体的阅读中，去用心捕捉和体会。对于刚离世和离世已久的诗人，我们最好的纪念，就是去读他们的一首诗。而且，我们的阅读，要有林亨泰先生那样的心境才好：

> 这些书籍简直是
> 从黄泉寄来的赠礼，
> 以无尽的感慨，

我抽出一册来。

一张一张的翻看，

我的手指有如那苦修的行脚僧，

逐寺顶礼那样哀怜。

——《书籍》（1949）

2013年12月，北京

种种可能：周梦蝶和辛波斯卡

因为知道我“偏爱读诗的荒谬，胜过不读诗的荒谬”（仿辛波斯卡诗句：“我偏爱写诗的荒谬/胜过不写诗的荒谬”），诗人周梦蝶2014年5月1日去世，台湾的朋友很快就把这个信息告知我。2013年春天，北京大学诗歌研究院筹备第四届诗歌奖，有评委提名周梦蝶为候选人。主办方倾向于得奖人最好能亲自到北京领奖，让我打听周梦蝶的近况。我正好在台湾新竹的交通大学上课，便致信对周梦蝶有精深研究的翁文娴教授。她告诉我，周梦蝶身体不好，3月初台大开他的诗歌创作国际研讨会，还是被抱着进到会场的。因此，听到他离世的消息，并未感到特别意外。这些年，我和一些朋友合作编选可能今年出版的新诗选，周梦蝶收在上卷《时间和旗》里（下卷是《为美而想》）。他的简介由我执笔：

原名周起述，1921年2月生，河南淅川人。曾在开封师范、宛西乡村师范就读。家境贫寒。后从军，并于1948年随军赴台。1952年开始写诗。1955年因病弱退伍。当过书店店员，加入“蓝星诗社”。1959年取得营业执照后，于台北武昌街骑楼下明星咖啡厅门口摆书摊营生，专售冷门的诗集和文哲图书。1959年自费出版处女诗集《孤独国》。1962年开始礼佛习禅，终日默坐繁华街头，成为台北知名的艺文“风景”。直至1980年胃疾开刀，才结束二十余年的书摊生涯。他的行止，他一年四季厚薄不同的一袭长袍，和随意、简朴的生活方式，既是他创作的注脚，也成为与其诗并立的“行为诗学”。

周梦蝶笔名来自庄周午梦，寄托他对自由的向往。诗数量不多，几十年间仅得三百余首，在台湾诗坛获“淡泊而坚卓的狷者”的美誉。《孤独国》《还魂草》中早期的作品，诗思常从心灵触发，借助传统文化意象“造景”，来探索生命悲苦的深度，在简约、洁净的语言中，蕴含浓烈挚情与忧心。他“自雪中取火，且铸火为雪”的句子，常被用来概括他诗歌内质的冷热碰撞、交汇所型构的孤寂、嶙峋的诗歌世界。虽少陈述日常生活情状和直接涉及政经时事，但也泄露20世纪40年代从军青年流徙迁台“于家国无望”的压抑，而留下“大时代”反响的痕迹。2002 年之后《约会》《有一种鸟或人》等后期诗集，风格转向平淡、纯净、生活化，有了前期作品少见的诙谐、洒脱的情趣。2009 年出版的《周梦蝶诗文集》四卷，诗歌之外，尚收有日记，随笔杂文，他与友人、读者往来书信，以及对其生平创作的研究资料。

这些文字大多是综合研究者的意见，我的“发明”不多。相比起余光中、洛夫、郑愁予他们，大陆读者熟悉周梦蝶的比较少。这两年知道他名字的多起来了，有可能是有的网站播放了台湾“在岛屿写作”系列纪录片的缘故。和我们这里以长篇小说作为文学兴衰主要指标不同，这个名为“大师系列”的纪录片，第一辑林海音、王文兴之外，其他四位都是诗人：周梦蝶、余光中、杨牧、郑愁予。其中，周梦蝶的《化城再来人》应该说拍得最好。“化城”一词来自佛家经典；筹划、制作这些纪录片的文化人的抱负、远见值得敬佩。这里附带说一句，十多年前，陈思和先生也有过为年事已高的作家诗人留下视频资料的计划，最后却因人力和资金的原因中途夭折。这些年相继离世的重要作家、诗人，如汪曾祺、史铁生、牛汉等，好像都未能留下他们系统的视频资料，真是可惜。

我最早读周梦蝶的诗是在80年代中期，好像从《还魂草》的复印本，也从刘登翰编选的《台湾现代诗选》（春风文艺1887年版），印象较深的如《摆渡船上》《孤独国》《囚》《菩提树下》《托钵者》等。因为岌岌于俗念和纠缠于俗务，也可能有诗歌方式上的原因，我对他的诗的精髓体会一直有限；相比起来，可能更亲近他晚年那些取材日常生活，语言趋于平淡的作品。像《有一种鸟或人》这样的，就不可能出现在他早期的诗集中：

有一种鸟或人
老爱把蛋下在别家的巢里：
甚至一不做二不休，干脆
把别家的巢
当作自己的。
而当第二天各大报以头条
以特大字体在第一版堂皇发布之后
我们的上帝连眉头一皱都不皱一皱
只管眼观鼻鼻观心打他的瞌睡——想必也认为这是应该的了！

当然，最能代表周梦蝶诗歌风格、也体现他的创造性价值的，还是他早期诗集《孤独国》《还魂草》中的作品。

“对诗人的纪念，最好是去读他的一首诗”——这是一个很好的说法。因此，在周先生离世后，便给爱好诗的朋友，转发了他写于2004年的《我选择》：

我选择紫色，
我选择早睡早起早出早归。
我选择冷粥，破砚，晴窗；忙人之所闲而闲人之所忙。
我选择非不得已，一切事，无分巨细，总自己动手。
我选择人一能之己十之，人十能之己百之。
我选择以水为师——高处高平，低处低平。
我选择以草为生命，如卷施，根拔而心不死。
我选择高枕：地牛动时，亦欣然与之俱动。
我选择岁月静好，猕猴亦知吃果子拜树头。……”

这首诗有一个副标题：“仿波兰女诗人WissLawa Szymborska”。辛波斯卡和周梦蝶算是同一代人，出生在1923年，比周梦蝶晚两年。她的全部诗作比周梦蝶还要少，据说只有一百多首，却影响极大。她1996年获得诺贝尔文学奖的时候，在我们这里好像没有很大反响。随后也有几部中译诗集出版，但知名度远不及也获此奖的帕斯、希尼、米沃什、布罗茨基。但是这两年，知道她、阅读她的人多起来了。某个诗人、作家一个时间热度的提升，除了作品的质量外，也可能有另外的机缘。比如辛波斯卡2012年的去世，比如她的中文译名从拗口的“希姆博尔斯卡”变为“辛波斯卡”（台湾则译为女性化的辛波丝卡），比如波兰现代诗人“集束式”地在国际诗坛获得高度评价（米沃什之外，还有扎加耶夫斯基）……另外重要的一项不应忽略，就是一种或几种出色译本的诞生。毫无疑问，2012年《万物静默如谜》[①]的出版，为“辛波斯卡热”起到重要作用。译者是陈黎、张芬龄夫妇，他们在台湾师大英文系时是同学，陈黎也是台湾著名诗人。诗人译诗其实是个重要传统，也可以说，出色的诗歌翻译更多出自诗人之手。早年如冯至、戴望舒、卞之琳、穆旦，近年如北岛、黄灿然、王家新、张曙光。

我们引用外国诗人作品，有的时候会忘却译者的名字，不大明白翻译的创造性劳动性质。事实上同一首诗的不同译本，其差距有时候真的是判若云泥。陈黎、张芬龄的译本《万物静默如谜》不足200页，一年的时间已印刷4次达10万

---

① 湖南文艺出版社2012年版。

册。在互联网上，我曾看到辛波斯卡的拥戴者上传她的诗达二三十“楼”，它们均采自这个译本。一位“严肃诗人”得到这样的关注，在我们这个时代，也算是个小小的“奇迹”了，而这显然得益于这个优秀的译本。

因为标明“仿”辛波斯卡，在转发周梦蝶诗的同时，也一并附上被“仿”的《种种可能》。周梦蝶说“我选择”，辛波斯卡说的是“我偏爱”。“选择”与“偏爱”的情意程度或有差别，但都是在提示、体验着生存拥有的空间。“我偏爱电影。/我偏爱猫。/我偏爱华尔塔河沿岸的橡树。/我偏爱狄更斯胜过陀思妥耶夫斯基。/我偏爱我对人群的喜爱/胜过我对人类的爱。/我偏爱在手边摆放针线，以备不时之需。/我偏爱绿色。/我偏爱不抱持把一切/都归咎于理性的想法。……”译者陈黎说，这里“她对自己的价值观、生活品味、生命认知作了相当坦率地表白”。《我选择》和《种种可能》，都可以看作是诗人各自的“自画像”。

我们可能会遇到两类不同的诗人：有的如果不联系他们的身世，对他们的诗的理解会有不小的损失；另一些诗人的作品可能更具“自足性”，不太依靠诗人传记因素的补充或支撑。我曾经将前面的一类称作“有故事”的诗人。这自然是个不严谨的说法；对许多诗人而言两者界限难以分明。这里的“有故事”，指的是他们的写作与大历史有更密切的关联，也指像周梦蝶那样，人、生活方式与诗常常形成注脚、互证的关系，还有就是他们的诗，有更明显的心性、行止的“自白”性质。

20世纪80年代朦胧诗运动之后，出于对中国新诗强大的感伤传统（自恋、滥情，以及在当代愈演愈烈的“政治感伤性”）的反拨，“非个人化”“戏剧化”的诗歌观念影响颇大。一些诗人倾向于在诗中“隐藏”自己，在理论和实践上有意划出“人”与“诗”的界限。这对于抑制情感宣泄，避免出现自恋式的诗歌自我“镜像”，对于推动一种与日常生活有密切联系的诗歌的出现，起到积极的作用。就像西西描述的美国诗人施奈德的写作：“融入日常生活，用口语，写身边事物/旷野自有旷野的尊严/不是替夜莺玫瑰念咒的巫师/是和我们说早安晚安可以聊天的邻居”（《书于施奈德诗集末页空白处》。西西的另一首诗《功课》，也标明是仿辛波斯卡的同名诗）。

不过，回过头来看，今天我们对人和诗的分隔好像有点过度。人的生命如何为诗的成立提供保证似乎不再是个问题，而诗中的“叙述者”（或卞之琳说的“说诗人”）越发“面具化”。周梦蝶当然说的对，“我选择读其书诵其诗，而不必识其人”——因为诗人的创造就存在于文本中；况且有时因“识其人”而大失所望，反而会降低对“其诗”的兴味。但诗人和小说家有不完全相同的方面。这种不同不仅是取材、艺术形式上的，而且是写作者与他的作品的关系层面的。归根结底，诗是诗人更直接表达他对人类心灵，它的“温柔、欢乐和忧惧”的看法和感受的“文类”。因此，我们对诗人有另外的期望，“读其诗”也“识其人”就是这期望中的一项。

区分周梦蝶和辛波斯卡的诗，不用费很大力气。仅从艺术方法着眼，周梦蝶早期诗歌很少写到现实事物的“实体”，大体上是借助传统文化，包括佛禅的意象“造景”，来传达、表现诗人的心智情感，其寄托显得曲折幽深。而辛波斯卡处理的大多是身边日常事物，或由身边人、事所触发（诗的题目也可见一斑：清晨四点、健美比赛、广告、剧场印象、葬礼、写履历表……）；语言简洁、朴素，没有繁复技巧，也鲜有精心营造的比喻、意象。她常采取直接自白的叙述方式。这种风格，以至对她有“诗歌中的莫扎特”的说法。这个比喻当然也有一点道理：相信在她纯净诗意，朴素、平易语言面前，对“现代诗”抱有戒惧感的读者会很快消除心理障碍，从中找到各自喜爱的方面。

就如莫扎特的音乐那样，其实辛波斯卡的诗质并不单一，更不是单调。互异以至对立因素会共存其中；它们的交织、渗透正是这些平易的诗的迷人之处。不是感受到轻盈吗？而轻盈中有令人深思的尖锐；在体会她对传统世俗生活亲近的同时，也发现有出乎我们预想的，令我们惊喜或深思的哲理。明确告白与自我疑惑（有一首诗就叫《颂扬自我贬抑》），坚定与谦卑，沉重与轻松，恬淡自如与紧张感，温情与嘲讽，冷静中的幽默戏谑——而且是“带泪的戏谑”……

尽管周梦蝶和辛波斯卡的诗极为不同，但也有相通的方面，而且是一些根本的方面。比如说，他们都知道，“一千个人当中/大概会有两个”喜欢诗，知道诗歌朗诵会不是拳击比赛，“大厅里有十二个人，还有八个空位——”，“有一半的人是因为躲雨才进来，/其余的都是亲属”，但是仍执迷不悟地

……紧抓着它不放
仿佛抓住了救命的栏杆

又比如，他们的诗很少空洞谈论历史、人类、世界，他们谈论、关注的是具体的人、事件。他们警惕将个体的存在，他们生活可能的空间抽象为苍白的概念、口号和数字，辛波斯卡因此说，“我偏爱我对人群的喜爱/胜过我对人类的爱”，“我偏爱牢记此一可能——/存在的理由不假外求。”我觉得，周梦蝶晚年的诗（《雪原的小屋》《树》《晚安，小玛丽》），

从偏于嶙峋悲苦转而有更多的亲切、温暖的加入，也与他关注点向现实日常生活开放有关。在一个时尚汹涌的世纪，他们其实都是些“旧派的人”，他们心灵稳定的根基，就是来自“旧派”寻常事物和生活“哲理”的点滴。或者说，他们的任务既“拆解”包围我们的语词、习俗中的荒谬，也从中发现支持我们生命的活力。

另有一点是，他们都不愿做预言家和立法者，真心意识到在世间万物面前，个人的局限和“无知”，他们面对沉默如谜的“万物”有诚挚关怀、探究的谦卑。辛波斯卡在诺贝尔文学奖演讲辞中说，“诗人——真正的诗人——也必须不断地说‘我不知道’。每一首诗都可视为响应这句话所做的努力。”这种胸襟和生命认知，尤其让我感动；有这样想法的人，好像越来越少了。因此，在这篇随笔的末尾，我将辛波斯卡《在一颗颗小星星下》的片断，虔敬地抄录在下面：

> 我为自己分分秒秒地疏漏万物向时间致歉。
> 我为将新欢视为初恋向旧爱致歉。
> 远方的战争，原谅我带花回家。
> 裂开的伤口，原谅我扎到手指。
> 我为我的小步舞曲向在深渊里呐喊的人致歉。

我为清晨五点仍在熟睡向在火车站候车的人致歉。

被追逐的希望，原谅我不时大笑。

沙漠，原谅我未及时送上一匙水。

…………

我知道在有生之年无法找到任何理由替自己辩解，

因为我便是我自己的障碍。

2014年5月

与音乐相遇

对一个音乐门外汉来说，一些乐曲在心中留下记忆，多半是不期而遇的结果；而且，它常常和音乐之外的事情联系在一起。

拉赫玛尼诺夫《第二钢琴协奏曲》

1977年或1978年，那时“文革”刚结束。知道北大经济系陆卓明教授（他的父亲是陆志韦，曾是燕京大学校长）有很多原版的古典音乐磁带，便拿着一些空白带，到他在北大中关园的寓所请他转录。问我有什么要求，我说由您来决定吧。几天之后，拿到手里的除了肖邦的钢琴曲外，是拉赫玛尼诺夫的第二交响曲和第二钢琴协奏曲。这是我第一次听到这位作曲家的名字。陆先生说，他十月革命后离开苏联，长期生活在美国。我当时想，那就是“流亡者”了，怪不得在“冷战”时期的五六十年代，我不知道。不过这是想当然，后来才知道，60年代才华横溢的上海女钢琴家顾圣婴，就曾排练、演奏过这部协奏曲。顾圣婴在那个时代，其才情不在刘诗昆、殷承宗之下。她“文革”中受到迫害，批斗，1967年2月1日凌晨，和她妈妈、弟弟一起自杀身亡，年仅30岁；她死时，因为潘汉年案蒙冤的父亲还在狱中。

交给我的第二交响曲，是美国圣路易斯交响乐团的，指挥却没有记住。第二钢琴协奏曲是什么版本一点没有印象。听说那时在大陆乐迷中流行的是里赫特的演奏。陆卓明先生对这两部乐曲没有说什么，只说他听协奏曲的时候，禁不住流下眼泪（后来，我知道不止他一人是这样的表现）。那时候我还住在北大未名湖北岸的健斋，只有一架便携式的录放音机；音效什么的谈不上。但是，第一乐章开端钢琴的低沉和弦，和在它导引下弦乐演奏的歌唱性的，迷人的旋律，立刻抓住了我。它对我来说不是绝对陌生的，因为多次听过柴可夫斯基的第五、第六交响曲；它们之间似乎有着某种内在的关联。但是，相对于柴可夫斯基的哀戚，甚至近乎绝望、破碎来，它的忧郁、悲苦中有着有更多的甜蜜、温暖以至辉煌。我当时就想，复杂情感的互渗与交融，语言大概无法和音乐相比。当然，后来多次重听（大多数是阿什肯纳吉60年代的录音），会认同有的乐评家的看法，“结尾处的处理不该那么辉煌，那么煽情”，会更着迷第二乐章柔版那如雨滴或如流水的钢琴弹奏。

这个协奏曲写于1901年。同时代画家列宾谈及拉赫玛尼诺夫的音乐，说旋律酷似俄罗斯春汛不断泛出地面的湖水。不约而同，20世纪六七十年后中国的乐评家也有相近的描述：“想象一下冰河的解冻，一点点的融化和侵蚀，慢慢涌动的暗流……冰河的大面积坍塌”（曹利群：《拉赫玛尼诺夫：没有门牌的地址》，《爱乐》2011年第7期）。这种相近的思绪、感受的传递、延伸，是很奇妙的事情。它类乎爱伦堡1953年写作小说《解冻》时浮现的心境：在俄罗斯的四月，“有的地方还可以看到灰色的雪堆，但是……一株株的草儿、未来的蒲公英的娇嫩的星形芽儿正在穿透地面”（《人·岁月·生活》）。说里赫特60年代弹奏的第二钢琴协奏曲，“给整个80年代初的中国知识分子‘思想启蒙’”——那显然过于夸张，不过，这种思绪、情感经验，却真实地存在于那个转折年代许多人的心中；这是一种不限于单个人的“精神气候”。这是

> 一种情绪，一种由微小的触动所引起的无止境的崩溃……仿佛一座大山由于地下河的流动而慢慢地陷落……（北岛《波动》）；

这是

我还不知道有这样的忧伤，
当我们在春夜里靠着舷窗”（舒婷《春夜》）

的个体的苏醒；这是

绿了，绿了，柳枝在颤抖，
是早春透明的薄翅，掠过枝头（郑敏《由你在我身边》）

的欣喜；这是在走出长长的走廊之后的，

啊，阳光原来是这样强烈，
暖得人凝住了脚步，
亮得人憋住了呼吸（王小妮《我感到了阳光》）

的惊觉；……这就是李泽厚对这个时期的“思想情感方式”所做的概括：感性血肉的个体的解放，呈现了“回到五四时期的感伤、憧憬、迷茫、叹惜和欢乐”（《二十世纪中国文艺一瞥》）。也正因为这样，拍摄于1981年的电影《苏醒》（滕文骥导演，王酩音乐，西安电影厂）的部分配乐，就选用了拉氏的这部协奏曲。

一个时代的印记，似乎更多保留在观念、口号之中，而感性的体验、情绪无法收拢而随风飘散。这是我们的历史遗产，最需要留存却又最难留存的部分。这便成为回顾过去时的感伤。是的，那个年头的迷茫、忧伤但满怀着美丽憧憬的“创世纪”心情，这样的集体性的“精神气候”，如今已经不能复现；包围我们的更多是一种末世式的颓废。

布里顿《安魂交响曲》

这是千真万确的邂逅。具体情形，我在《90年代文学书系》（社会科学文献出版社1998年版）的“总序”中，有这样的记述：

> 1990年初的春节前后，我正写那本《作家的姿态与自我意识》的谈“新时期文学”的小书。在我的印象里，那年春节有些冷寂。大年三十晚上，我照例摊开稿子，重抄改得紊乱的部分，并翻开《朱自清文集》，校正引述的资料。大约在九点半钟的光景，一直打开着的收音机里，预告将要播放一支交响曲，说是有关战争的，由布里顿写于四十

年代初。对布里顿，我当时没有多少了解，只知道他是英国现代作曲家，在此之前，只听过他的《青少年管弦乐队指南》。我纳闷的是，为什么在这样的时刻播放这样的曲子。但是，乐声响起之后，我不得不放下笔，觉得被充满在这狭窄空间的声响所包围，所压迫。……

1990年初的农历大年三十，是1月26日。那个时候我住在北大西门对面的蔚秀园。也住在蔚秀园的一位同事春节举家回南方省亲，我主动提出为他看家。因为羡慕他有一套很不错的音响组合；那样的音响当时还比较少见。那年，北京还没有禁放鞭炮，却好像没有多少鞭炮声，暖气也烧得不大好，那个住宅小区确实“冷寂”。不是太清楚当时收听的是哪个广播电台，较有可能的是北京台的立体声音乐频道。 开始就是沉重的定音鼓的敲击，这种敲击持续不断。同样持续不断的是或低沉，或锐利的哀吟和叹息。这样造成的压抑感，和这个传统团聚的节日需要的温暖、欢乐构成的对比，在当时给我诡异的冲击。将这首追悼亡灵的乐曲安置在除夕夜，产生这样念头的人，是个什么样的人？……我发现自己已经离开乐曲本身，转而和那个不知名姓的节目制作人对话。

生活里这样的零碎细节当然不会得到记载，也很快就会销声匿迹；连同当时的情绪。这是需要细心保护的，因为在人的意识中，它们属于“最微妙和最不明确”的部分，而且往往寄存于心中的，自己有时也容易忽略的角落。当时听的时候，并没有准确记住乐曲的名字，以为就是《战争安魂曲》。过了一些时间，就买了Decca的二碟装的CD，有着著名的没有任何图案装饰的纯黑封面。到这个时候，才明白我是真正的乐盲。这部由布里顿自己指挥的大型乐曲，并不是除夕夜我听到的。它作于60年代初，是管弦乐与人声（独唱、合唱、童声合唱）的大型作品；为毁于“二战”战火而重建的考文垂大教堂而作。除夕夜的那首名为《安魂交响曲》，作于、首演于“二战”进行中的40年代初。它的名气、成就当然远不如前者，好像现在也不是交响乐团常备曲目。但因为这些和音乐本身没有直接关联的因素，却留给我更深的印象。

后来有朋友告诉我，90年代初的那些年，北京乐迷中流行的另一首曲子，是肖斯塔科维奇的《第十一交响曲》，内容与1905年彼得堡工人示威游行，和受到镇压的事件有关。因为作品的戏剧性情节，第二乐章冬宫广场上号声和军鼓交织的音响，使这部作品为乐迷追捧。据说最有名的是贝尔格伦德指挥伯恩茅斯乐团的录音。但我没有听过，也没有想过一定要去寻找它，我有的只是海汀克指挥的那款；音响的确让人震撼。这就够了。不是什么都需要追求最好，也不必想从它那里索求过多。正像一位学者说的，从自身的可能衡量，“够了就是够了，够了不是一切”。

马勒《大地之歌》

准确说，我并不是第一次听《大地之歌》就受感动的。20世纪80年代后期，北京广播电台的音乐频道就系统介绍过马勒的音乐；播放过这个曲子。当时没有留下什么印象。80年代后期中国大陆音乐界开始关注马勒，应该是接续西方已持续一段时间的马勒热。《大地之歌》在当时又不限于音乐界的关注，这有另外的原因。中国文学界80年代有着西方现代派热；普遍认为西方文学是中国当代文学拯救之道。作为重塑自信心反拨，在中国文化对西方的影响的谈论中，美国诗人庞德从中国古诗中得到的启示，和马勒《大地之歌》对唐诗的借重，就成为经常被引述的史实。汉斯·贝特格的《中国之笛》收入的中国古代诗的德译，为马勒提供了表达他有关自然、生命和痛苦的体验的依凭。

但当时听《大地之歌》，确实没有留下什么印象；感觉和中国古诗也没有多少关联。能够出神地听这个曲子，是1992年冬天在东京大学工作的时候。我在一篇短文里写到这个情景：

当校园里高大银杏树金黄叶片飘落的时候，我在那里已经快一年半了。新年前的最后一堂课上，读日本文学专业，也来听我讲中国当代文学的学生根岸交给我他转录的《大地之歌》的磁带，是送我的新年礼物。里面附的信有一段是："这录音是西洋音乐，可是也许能向您提供理解现在日本文化的参考。Mahler是我最喜欢的作曲家。他的音乐，是从19世纪后期浪漫派到20世纪现代音乐的过渡。他活着的时候，没有得到很高的评价。60年代以后，欧美和日本对他的评价非常高。"对于《大地之歌》，他的感受是："……借古代中国诗歌所描写的风景世界，来表现他的悲哀。这里有无法用语言表达的美，美丽的风景，在大自然中的悲哀的人的风景。第六乐章，最长的乐章，特别悲哀，寂寞，美丽。人生如梦，而自然永远不变。"

他的这个录音，是费舍尔·狄斯考的演唱（伯恩斯坦指挥维也纳爱乐）。后来，又听了瓦尔特与女中音费丽亚尔的1952年的录音。狄斯考是男中音，以演唱艺术歌曲著名。舒伯特的《冬之旅》好像成为他的"名片"。针对一般认为《冬之旅》是他的"代表作"，他的回应是，"我不希望用《冬之旅》来代表我自己。我是一个音乐家，唱歌是为了表现一部作品。我没有必要在生活中成为忍受着冬日寒冷的主人公。"这个回答，提示我们了解他在《大地之歌》中的表现。他的歌唱舒放，深厚而高贵；与费丽亚尔相比，那种“艺术”上的细致雕琢更为鲜明。从费丽亚尔那里，在第六乐章“告别”中，我们可能更多体验到那来自生命深处的悲哀，和超越悲哀的清澈。相信这样的判断，不是因为我们在倾听之前就知道这样的事实：她在录制这个唱片的时候，已经明白自己身患绝症。除了她的歌声之外，乐队的许多段落也打动我；比如第六乐章开头在锣和低音提琴之后双簧管的“叠句”。

马勒的作品常常具有个人性的“传记”色彩。但是，也不必苦苦追索《大地之歌》与爱女夭折，他一生与死亡之间的纠缠，以及和妻子阿尔玛的关系。它毫无疑问地会伸展到其他人的生命体验之中，并获得呼应。日本学生根岸用悲哀、美丽、风景这几个朴素的词，来讲他的感受，虽然简单，但我当时也想不出有其他的合适词语。这几个词不是分别单独存在的。也就是说，不单是悲哀，而且美丽；而且，这种悲哀和美丽，为具有强大想象力和艺术构型力量的作者和演唱（演奏）者，塑造为美学意义上的“风景”。我要补充一点的是，《大地之歌》的抒情、悲哀，不是那种浪漫主义式、自我表现的感伤，也不是末世式的悲剧。有作家说过，“悲哀才是一种美妙的快感，因为悲哀的纤维是特别的精细，它无论是触于怎样温柔的玫瑰花上，也能明切的感觉到”（庐隐《寄燕北故人》）。但马勒在这里，不是那种自怜和自恋，不是感伤式的自我玩味。尽管我不可能说清楚，但总觉得里面蕴涵有对感伤的挣脱和对自我的反观。当然，他也不让悲哀没有节制，用“美丽”平衡了悲切的成分。一本马勒的传记引了马勒这样的诗行：

> 我在梦中见到自己可怜的、沉默的一生
> ——一个大胆地从熔炉中逃脱的火星，
> 它必将（我看到）在宇宙中漂浮，直至消亡
>
> ——彼得·富兰克林《马勒传》

“逃脱的火星”这个意象奇妙而恰当；正是在这样的意义上，我们说他连接了“20世纪现代音乐”。

对于以前与《大地之歌》的隔膜，我在1992年有了这样的反省。一个是80年代那个时候全静不下心来倾听，心中有众多嘈杂的欲望，嘈杂的声音。更重要的原因是，我在“当代”的生活，基本上是一个生命“缩减”的过程。体验、情感、感受力，不断缩减为某种观念、教条：这让我难以接纳超乎这些僵化的观念和教条之外的事物。在这个时候，我也才能理解台湾诗人林亨泰这样的诗句：“不必是一个特别理由来生活/活下去本来就是不用借口”（《生活》）。

《霍洛维茨在莫斯科》

2009年上半年，我在台湾的一所大学上课。在这之前结识淡江大学教授吕正惠，知道他有丰富的西方古典音乐唱片收藏，就总想去他家看看。7月的一天，他的学生开车驶过曲里拐弯的街道之后，来到一条小巷。进门后，看到的是堆满书籍的所谓客厅：可以落脚的地方不多，最大的空间就是既是茶几，也是饭桌的那个位置。晚饭过后，便下到地下室。几十平米的地下室四周沿墙壁的书架，从天花板到底层，都是前后两层摆放的CD。关于他购买、搜集唱片的情况，他的《CD流浪记》（台湾九歌版，大陆三联书店版）有详细讲述。在匆匆看过他的收藏之后，他问："我们听点什么呢？"3万多片CD，且百分之九十九我都没有听过的情形下，你还有选择的可能吗？看我为难，他便从堆放在茶几上的唱片中拿出一张。那是80年代出版的影像光盘:《霍洛维茨在莫斯科》。吕正惠说，他原来不大喜欢霍洛维茨（为什么不喜欢他没有说，好像是说他有点冷），看过这个纪录片，改变了对他的印象。

这是记录霍洛维茨1986年在莫斯科的情况，出版于1986年。除了这个纪录片之外，DG还出版了唱片，也是同样的题名。很惭愧，这些我以前都没有看（听）过。这个纪录片除了音乐会现场外，还有霍洛维茨在莫斯科活动的一些细节：搬运为音乐会准备的施坦威钢琴；与侄女以及斯克里亚宾的女儿会面；张贴在莫斯科音乐学院礼堂门外的小小海报；观众排队购票和入场；……那也是春天的4月，莫斯科街头还能见到残存的积雪。在这个纪录片里，我看到礼堂座无虚席，后面还挤满了站立的听众。看到朴素的、没有任何装饰的舞台。看到步履有些蹒跚的老头（那年他82岁），没有任何报幕人地独自走向钢琴。看到他那双典型老年人的、但仍充满灵气的手。看到面对热情的听众，他微笑，又耸耸肩、摆摆手，然后就坐了下来开始弹奏……这些细节让我感到特别亲切，突然发觉已经好久好久没有见到这样自然、简单的神情和“仪式”了。他弹奏的曲目广泛，有斯卡拉蒂、莫扎特、舒伯特、李斯特、肖邦、舒曼、莫什科夫斯基的曲子；当然还有拉赫玛尼诺夫、斯克里亚宾。他弹琴的姿态也很特别，既没有现在常见的那种或沉迷、或痛苦的咬牙切齿的表情，身体、手势也没有俯仰起伏的夸张摇晃（也许这些神态姿势，对另外的艺术家来说是必要的）。他平静，就是微低着头和眼睑，身躯一动不动。他的手掌始终平放在琴键上面，似乎不是在“弹”，而是在抚摸……像是水鸟掠过平静的湖面引起的涟漪，那样的自然温情。我不知道他年轻的时候是不是也这样弹奏？但现在他似乎是在说，我的理解、体验，我的激情，全部在我的指尖之中。

这个纪录片最触动我的，其实是钢琴家与他的听众之间的关系。镜头几次显现了霍洛维茨眼角的泪花，也多次给了一位女性含泪的微笑。我也看过一些影音资料，偶尔也到过音乐会现场，但这样的情景却很少见到。我们熟悉那种大音量的持续很长时间的叫好声，也熟悉有礼貌的鼓掌——礼貌地等待谢幕结束好退场。莫斯科的这场音乐会，倾听者全然不需要在他人面前装模作样。他们对霍洛维茨的爱，尊敬，对他的演奏的领悟，来自心灵深处，没有勉强的成分。我因此知道，钢琴家和他的听众之间的交流，也可以不需要高声喊叫，不需要拼命拍掌。霍洛维茨和他们之间会心的微笑和泪花，就是很好的说明。

自然，这种情形出现的原因，又不仅仅是音乐本身的。这里积压着长达60年的历史感受和等待。这位出生于基辅的钢琴家，1925年离开祖国流亡国外，和拉赫玛尼诺夫一样，后来定居美国，并加入美国国籍。他在莫斯科演出的海报就标明为“美国钢琴家”。而80年代中期他这次莫斯科之行的策划、安排过程，也留着冷战角力的痕迹。在20世纪，因为战争，因为各种性质的革命，“流亡”成为这个世纪的突出事件，给这个世纪的思想文化、文学艺术带来深刻影响。苏联十月革命之后几十年间，仅以音乐家而言先后自动或被迫离开的，除霍洛维茨之外，还有拉赫玛尼诺夫、普罗科菲耶夫、斯特拉文斯基、夏里亚宾、格拉祖诺夫、米尔斯坦、罗斯特罗波维奇、阿什肯纳吉、麦斯基等。虽然霍洛维茨多次说过他不再回到俄国，但在晚年他还是“回来”了。而拉赫玛尼诺夫却没有再踏上他出生的国土，他的墓就在纽约郊外。流亡、漂泊、乡愁，文化、语言上的矛盾，这些在他们生命中曾有的困扰、挣扎、抵抗，究竟给他们分别留下什么样的印痕呢？在20世纪，“流亡”“流亡者”有时候可能被认为是政治、道德污点而受到谴责、鄙视，在另一时空中，它又可能成为荣耀桂冠，虽然布满荆棘。但霍洛维茨在莫斯科的神情给我的感受是，他有某种不愿被归类的，试图追求生命独立性的尊严。他随意而高傲，这是一种“抵抗”。他也许知道，我们的活动和创造无法摆脱时势和现实政治，但反过来，艺术的创造也可能具有超越这一切的潜能。

莫斯科之行的三年后，也就是1989年，霍洛维茨离开了这个世界。他死的时候，柏林墙好像还没有倒塌，而苏联好像也还没有解体。

2012年5月

国家新闻出版广电总局
首届向全国推荐中华优秀传统文化普及图书

‖大家小书书目

经典常谈	朱自清　著
语言与文化	罗常培　著
习坎庸言校正	罗　庸　著　杜志勇　校注
鸭池十讲（增订本）	罗　庸　著　杜志勇　编订
古代汉语常识	王　力　著
国学概论新编	谭正璧　编著
文言尺牍入门	谭正璧　著
日用交谊尺牍	谭正璧　著
敦煌学概论	姜亮夫　著
训诂简论	陆宗达　著
金石丛话	施蛰存　著
常识	周有光　著　叶　芳　编
文言津逮	张中行　著
中国字典史略	刘叶秋　著

古典目录学浅说	来新夏　著
闲谈写对联	白化文　著
怎样使用标点符号（增订本）	苏培成　著
诗境浅说	俞陛云　著
唐五代词境浅说	俞陛云　著
北宋词境浅说	俞陛云　著
南宋词境浅说	俞陛云　著
人间词话新注	王国维　著　滕咸惠　校注
苏辛词说	顾　随　著　陈　均　校
诗论	朱光潜　著
唐诗杂论	闻一多　著
诗词格律概要	王　力　著
唐宋词欣赏	夏承焘　著
槐屋古诗说	俞平伯　著
词学十讲	龙榆生　著
词曲概论	龙榆生　著
中国古典诗歌讲稿	浦江清　著 浦汉明　彭书麟　整理

唐人绝句启蒙	李霁野　著
唐宋词启蒙	李霁野　著
古典文学略述	王季思　著　王兆凯　编
古典戏曲略说	王季思　著　王兆凯　编
唐宋词概说	吴世昌　著
宋词赏析	沈祖棻　著
道教徒的诗人李白及其痛苦	李长之　著
闲坐说诗经	金性尧　著
陶渊明批评	萧望卿　著
舒芜说诗	舒　芜　著
名篇词例选说	叶嘉莹　著
唐诗纵横谈	周勋初　著
楚辞讲座	汤炳正　著 汤序波　汤文瑞　整理
好诗不厌百回读	袁行霈　著
山水有清音 ——古代山水田园诗鉴要	葛晓音　著

门外文谈	鲁　迅　著
我的杂学	周作人　著　张丽华　编
论雅俗共赏	朱自清　著
文学概论讲义	老　舍　著
中国文学史导论	罗　庸　著　杜志勇　辑校
给少男少女	李霁野　著
鲁迅批判	李长之　著
英美现代诗谈	王佐良　著　董伯韬　编
三国谈心录	金性尧　著
夜阑话韩柳	金性尧　著
英语学习	李赋宁　著
漫谈西方文学	李赋宁　著
历代笔记概述	刘叶秋　著
笔祸史谈丛	黄　裳　著
古典诗文述略	吴小如　著
有琴一张	资中筠　著
鲁迅作品细读	钱理群　著
唐宋八大家 ——古代散文的典范	葛晓音　选译

红楼梦考证	胡　适　著
《水浒传》与中国社会	萨孟武　著
《西游记》与中国古代政治	萨孟武　著
《红楼梦》与中国旧家庭	萨孟武　著
《金瓶梅》人物	孟　超　著　张光宇　绘
水泊梁山英雄谱	孟　超　著　张光宇　绘
《红楼梦》探源	吴世昌　著
《西游记》漫话	林　庚　著
细说红楼	周绍良　著
红楼小讲	周汝昌　著　周伦玲　整理
曹雪芹的故事	周汝昌　著　周伦玲　整理
古典小说漫稿	吴小如　著
三生石上旧精魂——中国古代小说与宗教	白化文　著
《金瓶梅》十二讲	宁宗一　著
古体小说论要	程毅中　著
近体小说论要	程毅中　著
文学的阅读	洪子诚　著
中国戏曲	么书仪　著

中国史学入门	顾颉刚　著　何启君　整理
秦汉的方士与儒生	顾颉刚　著
三国史话	吕思勉　著
史学要论	李大钊　著
中国近代史	蒋廷黻　著
民族与古代中国史	傅斯年　著
五谷史话	万国鼎　著　徐定懿　编
民族文话	郑振铎　著
史料与史学	翦伯赞　著
唐代社会概略	黄现璠　著
清史简述	郑天挺　著
两汉社会生活概述	谢国桢　著
中国文化与中国的兵	雷海宗　著
两宋史纲	张荫麟　著
明史简述	吴　晗　著
北宋政治改革家王安石	邓广铭　著
从紫禁城到故宫——营建、艺术、史事	单士元　著
史学遗产六讲	白寿彝　著

司马迁之人格与风格	李长之　著
司马迁	季镇淮　著
唐王朝的崛起与兴盛	汪　篯　著
二千年间	胡　绳　著
论三国人物	方诗铭　著
考古发现与中西文化交流	宿　白　著
中国古代国家的历史特征	张传玺　著
艺术、神话与祭祀	张光直　著 刘　静　乌鲁木加甫　译
中国古代衣食住行	许嘉璐　著
中国古代史学十讲	瞿林东　著

黄宾虹论画	黄宾虹　著
中国绘画史	陈师曾　著
和青年朋友谈书法	沈尹默　著
中国画法研究	吕凤子　著
桥梁史话	茅以升　著
中国戏剧史讲座	周贻白　著
俞平伯说昆曲	俞平伯　著　陈　均　编

新建筑与流派	童　寯　著
论园	童　寯　著
拙匠随笔	梁思成　著　林　洙　编
中国建筑艺术	梁思成　著　林　洙　编
沈从文讲文物	沈从文　著　王　风　编
中国画的艺术	徐悲鸿　著　马小起　编
中国绘画史纲	傅抱石　著
中国舞蹈史话	常任侠　著
海上丝路与文化交流	常任侠　著
世界美术名作二十讲	傅　雷　著
中国画论体系及其批评	李长之　著
金石书画漫谈	启　功　著　赵仁珪　编
吞山怀谷——中国山水园林的艺术	汪菊渊　著
中国古代音乐与舞蹈	阴法鲁　著　刘玉才　编
梓翁说园	陈从周　著
旧戏新谈	黄　裳　著
民间年画十五讲	王树村　著　姜彦文　编
民间美术与民俗	王树村　著　姜彦文　编

长城史话	罗哲文　著
中国古园林概说	罗哲文　著
现代建筑奠基人	罗小未　著
世界桥梁趣谈	唐寰澄　著
如何欣赏一座桥	唐寰澄　著
桥梁的故事	唐寰澄　著
园林的意境	周维权　著
万方安和 ——皇家园林的故事	周维权　著
现代建筑的故事	吴焕加　著
中国古代建筑概说	傅熹年　著
国学救亡讲演录	章太炎　著　蒙　木　编
简易哲学纲要	蔡元培　著
大学教育	蔡元培　著 北大元培学院　编
老子、孔子、墨子及其学派	梁启超　著
中国政治思想史	吕思勉　著
天道与人文	竺可桢　著　施爱东　编

春秋战国思想史话	嵇文甫　著
晚明思想史论	嵇文甫　著
新人生论	冯友兰　著
中国哲学与未来世界哲学	冯友兰　著
谈美书简	朱光潜　著
中国古代心理学思想	潘　菽　著
民俗与迷信	江绍原　著　陈泳超　整理
佛教基本知识	周叔迦　著
儒学述要	罗　庸　著　杜志勇　整理
希腊漫话	罗念生　著
佛教常识答问	赵朴初　著
大一统与儒家思想	杨向奎　著
孔子的故事	李长之　著
西洋哲学史	李长之　著
乡土中国	费孝通　著
社会调查自白	费孝通　著
经学常谈	屈守元　著
墨子与墨家	任继愈　著
汉化佛教与佛寺	白化文　著
中西之交	陈乐民　著

出版说明

“大家小书”多是一代大家的经典著作，在还属于手抄的著述年代里，每个字都是经过作者精琢细磨之后所拣选的。为尊重作者写作习惯和遣词风格、尊重语言文字自身发展流变的规律，为读者提供一个可靠的版本，“大家小书”对于已经经典化的作品不进行现代汉语的规范化处理。

提请读者特别注意。

北京出版社